生命在歌唱

邹安音◎著

应急管理出版社
·北京·

图书在版编目（CIP）数据

生命在歌唱／邹安音著．－－北京：应急管理出版社，
2024

ISBN 978 - 7 - 5237 - 0024 - 2

Ⅰ.①生… Ⅱ.①邹… Ⅲ.①散文集—中国—当代
Ⅳ.①I267

中国国家版本馆 CIP 数据核字（2023）第 220313 号

生命在歌唱

著　　者	邹安音
责任编辑	陈棣芳
封面设计	宋双成

出版发行　应急管理出版社（北京市朝阳区芍药居35号　100029）
电　　话　010 - 84657898（总编室）　010 - 84657880（读者服务部）
网　　址　www. cciph. com. cn
印　　刷　北京飞达印刷有限责任公司
经　　销　全国新华书店

开　　本　710mm×1000mm^1/$_{16}$　**印张**　12　**字数**　133 千字
版　　次　2024 年 4 月第 1 版　2024 年 4 月第 1 次印刷
社内编号　20230622　　　　　　**定价**　39.80 元

版权所有　违者必究

本书如有缺页、倒页、脱页等质量问题，本社负责调换，电话:010 - 84657880

爱上阅读，学会写作

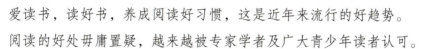

○凌翔

爱读书，读好书，养成阅读好习惯，这是近年来流行的好趋势。

阅读的好处毋庸置疑，越来越被专家学者及广大青少年读者认可。

大家越来越认识到，阅读将会对读者起到潜移默化的作用，既开阔了读者的眼界，也陶冶了读者的情操，它会不断引导读者提高自己的能力素质，调整自己的心情，缓解生活中的压力，帮助读者在丰富知识的同时增强胆识和气度。所以，引导广大青少年学会阅读，爱上阅读，阅读好书，越来越成为专家学者们的一大重要任务。

散文是一种抒发作者真情实感、写作方式灵活多样的记叙类文学体裁。广义地说，散文是与小说、诗歌、戏剧并列，在小说、诗歌、戏剧以外的所有文学作品的统称。但在当代，散文又专指那些形散而神不散、意境深邃、语言优美的文章，所以，当代散文又有了一个形象的称呼：美文。

散文的门槛不高，可以说，只要会写作文的人，都能够写散文。在我国，每天都会有数不清的散文作品诞生。不过，尽管散文作品的量很大，但真正的好散文、真正能够传世的散文并不多。可以说，我们常见的散文大多是平庸的作品，所以为了能够在海量散文作品中发现优秀的散文作品，人们开展了多种多样的散文评选活动，其中名气较高的有冰心散文奖、三毛散文奖、丰子恺散文奖等。当下最为权威的散文奖项当属冰心散文奖，该奖项由中国散文学会组织，在著名作家冰心女士生前捐赠的稿费基础上设立，每两年评选一次，旨在评选出题材广泛、思想敏锐、能够深刻反映现实生活的优秀散文作品，被誉为中国散文界最为重要和专业的奖项。正因如此，每届冰心散文奖获奖散文作品集都极受欢迎，成为散文写作者的范本，也成为老师推荐学生阅读的精品。为了给广大读者提供更全面、更精美的散文阅读范本，我们从已经举办的九届数百名获奖作家中挑选出几十位最适合中学生阅读的散文家，请他们从自己所有的作品中挑选出文字精美、意境深远的作品，结集推出，希望编写出版一批为中学生所喜闻乐见的好的散文选本。

大家知道，与小说相反，散文是写实的，散文作家在写作时，如同用照相机拍照一样，用他们的笔墨触及身边的人、事和风景。即使是历史散文，作者笔墨描绘的也都是真实的人和物，所以，真实是一篇好散文要满足的首要条件。其次，好的散文在"形"散的基础上，实则上是"神"的聚焦，是思想的聚焦、灵魂的聚焦。正所谓说东话西，全都是为了一个中心。第三，散文注重抒情，注重遣词造句的美与高雅，注重每个篇章、段落之间层次的递进、并列和呼应，所以，散文又是不拘一格的。正因如此，阅读欣赏散文作品时，要能够阅读出新词妙意，阅读出谋篇布局，阅读出作者的所思所想，阅读出作者字里行间散发出来的对生活的热爱和对美好人生的向往，以及对万事万物的兴趣和景仰。

千万别指望别人给你提炼出一二三四的写作方法，即使有人总结出了什么写作诀窍，也千万不要相信。写作从来都没有捷径，要想写出好文章，必须进行深入的阅读，阅读最好的作品，阅读的同时不断分析作品，把作品拆开来思考。只有读出了每篇作品的结构组成，读出了人物刻画的方法，读出了语言运用的技巧，才会把优秀作品的营养吸收下来，从而转化为自己写作的智慧。

写作的门槛确实很低，但写作的台阶却很多、很高，我们每迈上一级台阶，都需要付出很多很多的汗水。让我们一起多读好文章吧，为自己写出好文章积累砖瓦，达到"对事物的观察十分细致，对人物的刻骨九分入骨，对心灵的把握八分精准"的标准。

目录

第一辑　故园春秋

春　祭	002
会唱歌的小河	005
西湖恋歌	007
路	010
回家的路	012
草木药香	015
年　关	018
坚守的皂荚树	020
夜雨微风嘉陵岸	022
端午情深	024
最圆中秋月	027
温情的熏烤场	029
又一年	031
闪耀在星空的"春节老人"落下闳	034

第二辑　上善若水

期待真诚	038
心心之间	039
心似菩提	040

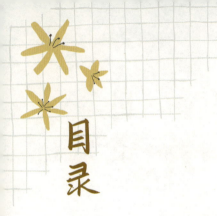

目录

爱的轮回：动物·人 042

买菜记 044

情牵蒲公英 046

小街飞过鸿雁情 048

情系藏乡核桃 051

母爱深深深几许 053

深埋心底的梨核 055

桐子花又开 057

爱的笔记本 059

禅宗少林 062

只为途中与你相遇 064

第三辑　巴蜀闻苑

四季升钟湖 070

百福寺断想 073

纪信故里行 075

杨家河之春 078

永远的下中坝 081

相如故里：太阳岛和月亮岛的深情 083

春到阆中 085

柳街和薅秧歌 091

萝卜寨的婚礼 093

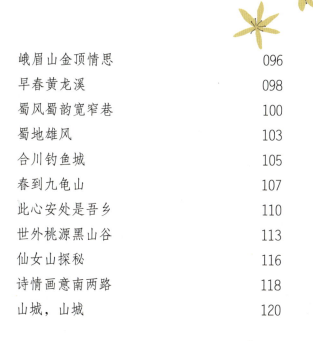

目录

峨眉山金顶情思   096

早春黄龙溪   098

蜀风蜀韵宽窄巷   100

蜀地雄风   103

合川钓鱼城   105

春到九龟山   107

此心安处是吾乡   110

世外桃源黑山谷   113

仙女山探秘   116

诗情画意南两路   118

山城，山城   120

第四辑　行者无疆

湘西凤凰情   124

兰若龙润山   128

那一场风花雪月的浪漫   132

洛阳花开   136

清明开封府   139

聆听，在鄂尔多斯博物馆   141

最美杜鹃花开时   143

千岛湖水之灵   146

虎山长城望丹东   149

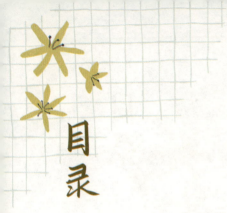

目录

黄河口怀想　　　　　　　　152

在朝鲜新义州的一天　　　　154

浪漫普吉岛　　　　　　　　156

第五辑　　向着太阳

生命需要歌唱　　　　　　　160

笔在情　　　　　　　　　　162

立春断想　　　　　　　　　164

树　魂　　　　　　　　　　166

马兰花开　　　　　　　　　168

血染的书橱　　　　　　　　171

我的大学梦　　　　　　　　174

写满名字的大学毕业照　　　176

我的文学路　　　　　　　　178

我的记者梦　　　　　　　　181

第一辑
故园春秋

春 祭

春日的阳光暖暖地普照大地，送来田野略带腥臊的泥土气息；深邃的天空没有一丝云彩，淡蓝平滑如绸缎，寂寥而苍茫；近处一片白亮亮的光芒在树梢上跳荡，灼灼地刺痛了我的眼，逼着我看见不远处那一片春意盎然的原野上，一簇一簇的黄黄菜花儿在竞相开放。

又是一个明媚的春日。伫立风中，在哥哥你的坟前，树梢跳荡的光芒不断刺痛着我明亮的双眸，脑海里的你音容宛然。我真的不能自已，多少年过去了，泪水还是一如当初似泉奔涌，倾洒坟前。

坟上青青草，几度枯又荣。几朵淡白的小花，在风中摇曳，宛如夏夜碧澄天宇闪烁的星粒。哥，又是一个菜花飞黄的时节，在幽幽的九泉之下，你浩然的明眸，看见这美好的春色了吗？

我至今都还不相信，就是在这个菜花飞黄的时节，因为一次意外的车祸，你永远地离开了人世。

心底奔涌的海浪，冲击着我记忆的画面。25年前那个阳光灿烂的日子，哥，你带着对这个世界无限的眷恋，把嘴角那抹浅浅的微笑，永恒地刻进我心底，便跟随早逝的父亲而去，只留下一段美好的回忆，让痛苦如春蚕，时时吞噬着我心灵的叶片。

25年啊，红尘间，恍然若梦，年华似烟云般匆匆飘过。天若有灵，哥哥，你定会泉下有知，铭心刻骨的思念，是心中永远也挣不脱的丝线。

长兄如父。那时的我和姐姐，都还不谙世事。是你张开臂膀，努力替我们遮挡生活中的风雨。

你用瘦削的肩膀，挑起了生活的重担，挑走了妈妈的忧虑，挑去了我们凄苦的童年。还是少年的你，就上山劈柴，到煤矿淘煤，帮妈妈挣钱贴补家用。高中毕业后，你又放弃继续求学的机会，回乡养鱼、种菜。你说，你要在村民们用落后和苦咸的汗水铸就的路上，以你的雄心壮志再踏出一对坚实的脚

生命在歌唱

印来。那时候，你眼里闪烁的光芒，仿佛是一颗明亮的太阳，顶挂在希望的田野上。

你真的就这样做了。

寒冬酷暑，你辛勤劳作；半夜三更，你还在挑灯苦读。你把自己的努力和梦想也写进了诗行。在这贫穷的村子里，你也成了村民们心中一颗明亮的太阳。你很苦，也很累，可你总是在笑着面对生活，面对你前面的路。你的笑容，是一片亮丽的晴天，驱散了压在我们心中的阴云。

你成了县里的先进模范、农村致富带头人，你的诗歌不断在报刊上发表，你挺起了一个家的脊梁。哥，你知道吗？你的奖品——一个写满字的红暖水瓶，多少年过去了，母亲始终把它放在家里最显眼的地方，因为那就是你的灵魂，一直在我们的心灵深处闪光。

忘不了我上高中第一天的情景：你给我买了一床新的被面、一个小红桶、一套新衣服，然后提着一口袋米，把我送到了新学校。那个时候，姐姐已经在重庆上大学，成了我们当地的第一个大学生。

当青春绚丽的花朵正要朝你喷吐幽香，爱情的蓓蕾就要朝你绽放时，车祸却夺走了你年轻的躯体。你只身一人，踽踽独行于通往天国的路上。你在频频回首吗？那双深情的眼眸里，满含忧悒的目光，这目光是针，扎痛了我的心房。

"邹安才，在生命的年轮上，刻写着你二十五个春秋的历史。你用善良和真诚，你用朴实和勤劳，刻写了一段闪光的诗行。"这是我们家族族谱里对你的评价。这也是世人对你的敬仰。

哥哥……近在咫尺，你却不能听见；垂泪青坟，你却在遥远的另一个世界；再不能听你亲切的语音，再不能看你温和的笑脸。

黄黄的菜花铺满了山崖。花海中，有人们的笑脸，然而，哥，你呢，你在哪里？时光荏苒，年届不惑的我，只愿逝者长已矣，生者更加珍惜生命，珍惜自己的每一天，努力让生活变得更有意义。

哥，轻轻摘下一朵小花，默默放在你的身边，让幽幽的一缕芳魂，带去我对你的深深思念。

会唱歌的小河

我常梦回故里，徜徉在家门前那条玉带般飘绕而过的小河旁。

儿时，耳畔常回响那淙淙的溪流声，"哗啦啦……哗啦啦……"它欢快地歌唱着，在日里，在夜里，潺然流过身边，不知它要奔向哪里。那河上青石砌就的弯弯的石桥，拦河而建的高高的堤坝，河水奔泻而下的山涧、幽谷和深潭，也连缀成了一道美丽的彩虹，烙印在我的心底。

老家处在邮亭镇的红林、红石、碧绿和天堂四村交会的地方，小河从中穿插而过，清澈的河水滋润了两岸青绿的豆苗，石桥则成了联系村民之间往来的纽带。桥面被行人踩出了一条浅浅的凹道，雨天注满了积水，蹚过去，水珠便四处飞溅，仿佛雪花散落。

离石桥几十米的上游是一道高高的堤坝，溪流涓涓而下，形成白色的雨帘。坝上洗衣女欢畅的笑声，常惊飞一群嬉戏的鸭子，扑棱着翅膀掠过河面。十余米宽的河面上，水草丛生，密密匝匝，春天来临的时候，紫色的水葫芦花，仿佛神奇的水彩画，涂抹了两岸的景色；而夏天，夕阳沉坠在河底，银色的小鱼跃出橘红的水面，引来低头饮水的老牛和戏水的顽童侧目，小河刹那间安详宁静起来，成了一幅绝佳的风景画，装饰着人们的心境。

自桥下行一里许，到同村的张家大院旁，弯弯曲曲的小河两岸，绿竹婆娑，桉树成林，青草遍地。野花的清香，弥漫整个山川原野。

张家大院坐落在一座山坡上，小河流经至此，便铺散开去，在十余米宽的石坝上四处漫流，泻到崖下，变成一道壮观的瀑布，发出震耳欲聋的响声。崖下有汪蓝莹莹的深潭，傲然挺立于崖壁之中的一株大黄桷树，伸出巨臂，终年为它挡住寒风，遮住酷阳。传说潭中有一巨龟，天晴时会浮出水面，小时候便常随着哥哥，拿着弹弓，躲在崖边茂密的竹林里，偷窥它的身影，只待取为囊中之物。只可惜，从没见过巨龟的面容，倒有几次差点从崖畔掉下去喂了这神龟。

深潭边是空旷的幽谷，梯田层层叠翠而上，绵延至山顶。幽谷底，小河淌成了涓涓的细流，在石块中汩汩流过，清澈见底。孩提时，我常到那里捉蟹、虾，摸小鱼，采摘两边山上的野果吃。幽谷，成了我心中一片圣洁的域外领地。

后来，公社修水库，看满山谷的人如蚂蚁般搬运泥块，挥汗如雨；看山顶彩旗随风招展，猎猎作响；听拖拉机轰鸣着开过新建的拦河大坝；听人们唱着雄壮豪迈的歌曲欢庆胜利，感觉整个山川都欢腾起来。

再后来，站在高高的堤坝上，看着波光粼粼的水库，想起淹没了的深潭和层层的梯田，心底不免怅惘起来：哪里还能找回昔日摸鱼虾的欢乐时光呢？

时光荏苒。再后来，张家大院旁石崖上的黄桷树被砍，瀑布一夜间神秘消失了；沿途而上，青青的竹林变成了荒滩，一座公路桥飞架其上；小河里不见了丛生的水草，乌黑的河水，正呻吟着从面前流过；远处，工厂轰鸣的声音，提醒我昔日潺潺的流水声决然不再！

今年，读中学的女儿想写《外婆家的小河》这篇作文，我带她沿河而下，不，确切地说，是一条两三尺宽的水沟。到水库时，看见渔民正把一袋袋化肥往水里抛，下游的河水污秽不堪，我便跟她提起记忆中儿时的小河，描绘它昔日的风采。可女儿瞪大了眼睛，茫然地望着我，半天才说："妈妈，那是梦里面的小河吗？"

我的心一下悲凉起来，清清的小河，会唱歌的小河，至少还永久保存在我的记忆里。可是，在下一代人的眼里，它竟成了一片空白。难道，多年以后，眼前的这条水沟，会成为记忆中的荒漠，也会成为梦里的水沟吗？！

西湖恋歌

　　我的老家在邮亭高家店，与双桥近在咫尺。记忆中，最深刻、最甜美的就是在正月初一那天，母亲牵着我的手，走进双桥的老街。人们从四面八方云涌而来，掩饰不住的喜悦之情，如阳光般洒在了街面上的每一块青石里。每当经过街尾的那棵黄桷树，我都要默默伫立：凝望它那粗壮的干、遒劲的枝和如云的冠盖；看它盘根错节于石壁罅隙里，栉风沐雨，如同一位耄耋老人，诉说着华年的流逝；也如同感受着母亲的体温，那是因长年累月劳作而浸染的来自大地的芬芳。

　　还记得街下有条河，在家门口蜿蜒而过。老人们常说，这水是从西湖山上流下来的呢！难怪河水是那么清澈透灵！暑天，哥哥们常常在河里洗澡，每次看着那飞溅的晶莹水花，我都忍不住要掬一捧在手，如琼浆玉液般细细品味。从小我就能写出一篇篇优美的散文，以至于长大后我能在报社从事记者编辑工作，那么一定是因为喝了这有灵性的西湖水了？！那遒劲而古朴的黄桷树，也一定是因了这西湖水的滋养，才如此茁壮、撼人心魄？！

　　由此，西湖成了我的梦想之地。初次撩开她那神秘的面纱，是高考后的那一年。当逶迤连绵的玉龙山和星罗棋布的岛屿映入眼帘时，我的心顿时随着那碧波荡漾的涟漪，沉醉在这里的每一棵树、每一片叶、每一滴水里。湖岸荷叶田田，山岗上白鹤舞姿翩跹；那轻舞的柳飞絮飘然，那挺拔的松傲立青山。如此的美景，就是西湖酿造的一坛美酒，一直封存在我记忆的深处。

　　如今，我在四川的《南充晚报》主编旅游版。在外工作多年，领略过杭州西湖等祖国大大小小众多湖泊的风采，却从来没有这样一个湖，让我如此地动容和留恋。

　　时过境迁。今年五一节回双桥的姐姐家，亲人们说西湖边正在举行花雕展览，吸引了不少来自川渝的游客。家乡的变化让我欣喜不已，晚饭后，一大家人驱车来到湖边。

虽然夜幕开始垂落，但是眼前的一切还是如水晶般耀亮了我的双眼，我已经不敢相信自己的眼睛：这还是我记忆深处的双桥西湖吗？美轮美奂的花雕、长长的西湖堤岸、风情万千的断桥、大气磅礴的西湖广场、飞檐翘角的亭宇……

　　传说中玉龙山上居住的王母降临凡间了吗？是她飘飘的仙袂抖落了这天上的瑶池美景吗？！

　　女儿惊呼着奔向一只精美的孔雀花雕，高昂起写满幸福的笑脸，生活的富足和美丽的山河瞬间便定格在了我随身携带的相机里。年迈的母亲蹒跚着步子，抚摸着那只可爱的大熊猫，仿佛年轻了些许，笑容如花绽放在她那刻满沧桑岁月的脸上。生活的艰辛和苦难的岁月就那样悄悄消融在这温情的时刻和散发着芳香的土地里。

　　一行人穿过画廊，沿着湖边行走。远处的灯火像星星般不停闪烁着，透露出迷人的光芒。泊在近处水面的船只，随着荡漾的波纹一上一下，宛如栖息在外婆的港湾，显得温馨而甜蜜。细长的柳丝轻抚着我们的脸颊，低吟浅唱着这阑珊的夜色。

　　信步到石桥，凭依桥栏风细细。凝眸远望，青山依旧在。绵亘的玉龙山庄严肃穆，一下牵扯了我的思绪。当年老师告诉我们：为了这座山的安宁，有无数的解放军战士把热血洒在了这片土地上，我们曾怀着无比崇敬的心情走进当年炮火纷飞的大山；还记得学生时代山中春游的场景，那动人的欢歌笑语至今依然清晰地从夜空传来！岛屿很沉静，仿佛已安睡在波浪的轻吻中，她该做着怎样甜美的梦呢？白鹤们已归林，但羽翼下的浪漫和多情早就给西湖留下无尽的遐想和情思。青山、广场、阁楼与湖水就这样竞相辉映，装点着美丽的夜色。三三两两的游客漫步其间，孩子们在奔跑嬉戏着，好一幅安宁祥和的画面。我想：为这片土地而抛头颅洒热血的人们，应该是欣慰的！

　　我不禁疑惑：春节期间我和亲人们曾在这湖边漫步，那美丽的山水已经让我感叹不已，缘何短短几个月又发生了如此翻天覆地的变化？

　　同在双桥政府部门工作的姐夫和姐姐告诉我，早在数年前，双桥区就构建了西湖的旅游规划，并举全区之力，分阶段、分步骤地精心打造每一个景点。

我不禁感慨，前有英烈，后有来者，他们都在完成一个共同的目标：让青山更青，让西湖水更绿！

　　是夜，驱车在双桥郊野宽阔的公路上，看着两边鳞次栉比的高楼，眼前一座现代化的城市拔地而起。我搜寻着童年的记忆：老街虽不再，但那枝繁叶茂的黄桷树依然挺拔，它是家乡的魂魄，不只在街角守望，而是扎根进我心里，变成永恒！

路

奶奶在世时，常爱端个小竹凳，放在街沿上，静静地坐在那儿纳鞋底。有时一坐便是半天。我怎么也不明白她那双粗糙的长着厚茧的手，怎么能做出够我们全家一年穿的布鞋来。那时我家很少买鞋子穿，都靠奶奶做。我依偎在她身边，听麻线从鞋底里抽出时发出的"呼呼"声。看她穿线时专注的表情，偶尔也给她穿穿线、递递剪子等。很多次，我都瞧见她忘了干手里的活儿，两眼痴痴地凝望家对面那条宽阔的公路。

公路上很热闹，南来北往的车辆，似穿梭的鱼儿，花枝招展的姑娘们，在叽叽喳喳地闹嚷；年轻的父母身边，跟着蹦跳的小孩；佝腰拄拐的老人，在慢慢前行。

汽车的鸣笛声，行人的欢笑声，能清晰地传进院子。

"奶奶，你看啥？"每当此时，我便摇着她的胳膊，不解地问。而奶奶那张苍老的脸上，就会泛出一抹淡淡的红晕，像被人窥到心事似的，不好意思地垂下眼睑，嘴唇随即也溢出一丝不易察觉的苦笑。我老是觉得，在她那对深深的眼窝里，永远藏着一个不为人所知的小秘密。

"奶奶，你做的鞋子很好看呢。"我啧着嘴说。

"唉，要是走那段路雨天不被打湿就好了。有双不怕雨打湿，不怕泥浆沾的鞋才好呢！"奶奶望了望外面，叹了口气说道。

把我们家和对面公路连接起来的，是一段曲折的小路。路很窄，一到雨天，便坑坑洼洼。一不小心，就栽进路边的水田里了。

奶奶说，这条路很早就有了。爷爷、爷爷的爷爷都走过它，然后再沿着公路，到很远的地方去挣钱养活家里人。但是她却很少经过那段路到外面的地方去。她大多时候待在家里，不停地干农活儿、家务活儿。

"外面是咋样的呢？"奶奶翕动着嘴唇，欲言又止，眼里却突然闪出一星火花，迅即消失。我猛地明白了，她一定想沿着那条宽阔的公路，去看看外面的世界。

操劳了一辈子的奶奶没见过她所说的鞋子。她穿走的最后一双，仍旧是自己亲手做的布鞋。

后来，妈妈常在地里种些新鲜的蔬菜，天未亮，就低一脚高一脚地挑着一大担菜，经过那段曲折的小路，再到十几里远的集镇上去卖，用换回的钱给我们交学费、添衣服，更重要的是给我们买回冬天必穿的胶鞋。穿上胶鞋，经过那段泥泞的小路时，虽然也要被雨弄湿，但比布鞋好多了。

我们几兄妹每天很早就起了床，摸黑上路，到十几里远的集镇去上学。不管是天晴还是落雨，不管是春夏还是秋冬。妈妈常告诫我们，不要像奶奶和她一样不识字，那样很痛苦呢！

大哥、姐姐相继考上了大学。

二哥高中毕业后，把妈妈给他积攒的定亲钱，拿来订了报纸书刊。又把小路边的水田承包了，挖成几口大大的鱼塘。小路加宽了，用青石板镶嵌而成。

"我再也不会像他们那样过活。"面对世人的非议，二哥淡淡地说。

后来，二哥买了部卡车，用来拉鱼饲料等，大路变成了公路，同原来那条公路连了起来。村里人可以随时到外面去玩，很方便。

今年暑假，二哥把妈妈带到外面旅游了一次。于是，妈妈嘴里就总也离不了那摩天的大楼，那外面的世界。每当她对着奶奶的相片，眼圈都会突然发红。

我想，要是奶奶还活着，那该多好啊！而今那路，她不是一样可以很高兴地走了？！

回家的路

1994年春天，我和先生在老家重庆大足空军某团认识，彼时我还在驻地附近的登云中学教书。

先生家在四川南充，婚后七年，我跟着他来到嘉陵江边的这座城市，于此定居，并改行当了记者。大足和南充，从此犹如我生命之树的根须和枝叶，给予我精神和魂灵的滋养，支撑着我立于大地，向上、向上……两地之间，仿佛叶对根的依恋和相守，从不失约，在每个春节，或者特定的日子。两地之间的路，也成为一条丝线，串起故乡、母亲和我，也串起乡愁、回忆和我……

第一次到南充，是1995年的春节，婚后。大年初二，七点多钟，我俩在学校门口的登云场上等车。八点左右，坐上了从大足到石马镇的中巴车。（我们得在那里中转，守候泸州、宜宾、荣昌、隆昌、永川这五个班次到南充的车，它们每天只有一班，集中在十点至十一点经过石马镇，错过便不会再有。）

这年的春节奇寒无比，居然下起了大雪。半个小时后，我和先生在石马镇的岔路口下了中巴车，在雪地里等候到南充的长途车。我的双眼直愣愣地盯着每一辆从身边驶过的车，全然不顾寒风呼呼刮过。一个小时很快就过去了，眉毛上有霜凝结，脚也冻木了，但这没有动摇我们等车的决心和信心。十点左右，泸州的车来了，我们摇臂高声呼喊着，欣喜地迎了上去。

车厢里、过道上都坐满了人，空气很闷，又堆满了东西，各种难闻的气味混合，呛得我只想呕吐。车每颠簸一下我都痛苦万分，何况这路程也太远了！度时如年。我默默地数着走过的站名，石马、万古、雍溪、铜梁、旧县、合川……一点左右，车到了合川郊外一个地方停了下来，司机把全车人都赶下了车，轰进了路边一个小餐馆。该吃午饭了！他吼道。有些人舍不得花钱，花一元买了开水泡方便面吃。餐馆后有厕所，一张塑料布分成男女厕所，每人五毛。有人骂骂咧咧，没办法，只能就范。

半个小时后，车继续上路。路歪歪扭扭，蛇一样盘旋在丘陵地带。这面山坡翻过去了，又到了另一个山坡，不同的只是地域的转换，比如从重庆境内到四川了。到四川了！我兴奋起来，又一路数着站名，武胜、吉安、烈面、嘉陵……

下午五点左右，车行驶到一个小山岗附近，山顶长满松树，山湾有一条清澈的江流缠绕而过。"快看，嘉陵江！"先生高声喊着。"南充快到啦！"车里有人欢呼起来。绕过山岗，就是凤垭山，公路像一条练绸，从山顶直直地铺陈到谷底，绕上了一座大桥，那是收费站。大桥那端，城市的灯火隐约可见，那就是南充城。

此时，天已经快黑了。家，马上就要到了。

"就在我离开南充到北京上军校那一年春节，凤垭山口发生过一起重大车祸。一辆从外地回家的长途大巴车，因为雨天路滑，刹车失灵，车子直接滚下去，从大桥那里冲进西河，一车人全部遇难。"先生说。

家就在眼前。回家的路，近在咫尺，但却成了一车人的不归路。我无法想象在大桥的另一端，在城市的某个角落某个窗口里，究竟有多少人的心在破裂。但我相信一个城市的疼痛记忆，可以让人铭记一辈子。

也是这条回家的路，有时候它就像一个恶魔，让我目睹了它的无情和残酷。那是婚后第二年，春节探亲后，我们一大早从南充返回大足，就在合川郊外，在一座窄窄的桥下，一辆从仪陇开往重庆的大巴车翻滚到了河里。

堵了很久的车。等车子可以开动时，从桥上经过，我伸出头看坠在河里的大巴车，窗口里有一个女孩子的尸体横陈在那里，一条红艳的丝巾维系在她的脖颈上。我很想哭，可是根本哭不出来，一车人全部死了！他们都是从南充仪陇出发到重庆的，也许外面的世界承载了他们太多的梦想，可是这座石桥中断了他们的梦想！

因车祸耽误了时间，天太晚了，没有车到大足了。那天晚上，我们被迫在合川住了一宿。那一晚，我满脑子都是那个女孩子系丝巾的模样，红得像血，滴了一路。

时光荏苒。路在变宽，变直。

2002年，我跟着从部队转业的先生回到南充，在南充晚报社当了一名记者。一天，我被报社派去采访一则新闻：西河桥上的收费站被拆除了！一条宽阔的大路从南充城延伸出去，到重庆……

2004 年，南充绕城高速建成通车。这是全国二级城市中第一条绕城高速公路。

2008 年，南渝高速建成通车。这一年，我买了一辆别克旅行车。春节，从南充开车到合川，仅仅用了一个小时，然后取道铜梁至石马的一级公路，三个半小时回到了母亲家。

2014 年，重庆三环高速绕到了铜梁等地，合川到铜梁开车只需要 20 分钟。再后来，铜梁到大足也直通高速。这一年的春节，我们开车从南充经合川过铜梁到大足，两个半小时回到了家。

2017 年 7 月 1 日，南充市委市政府举办了"庆七一、迎十九大、做合格党员"的主题演讲。我讲了嘉陵江的故事，讲了从南充到重庆这条路的故事，我的演讲得了一等奖。会后，制作光碟的小伙子看完我的演讲录像后，号啕大哭。那天，他翻来覆去地看了几遍，泪流不止。他是地道的南充人，多年前那次事故，他有亲人在里面。有人告诉我。

谨以此文，写给这些年筑路的人，写给那些为圆梦而努力的人。写给我今天生活的城市，写给我出生的地方。历史，终究会记住这一切的。

草木药香

初夏，田野葱绿。我带着女儿，在田埂上，搜寻记忆中的草药。

看到蒲公英了。

叶片淡黄，茎细长，顶一朵毛茸茸的花。我欣喜地蹲下身子，教女儿抚摸它的叶子，与它认识。乡野这本书，隐藏着城里孩子们不可知的许多秘密，我很想女儿打开这本书，而草药只是其中一篇。

我小心翼翼地掏出蒲公英的根，但是它的花朵却随风飘散了。女儿很失望，有点伤心。"那是蒲公英的孩子们，它们落地就会生根发芽的，明年就是一朵朵小蒲公英了。"我安慰女儿。女儿转忧为喜，我的眼睛却红了。

我想起了年逾七旬的母亲。我们就是那些落地生根的孩子，可却总是与她分离。哥哥离世了，我在异乡工作，只有在老家的姐姐陪伴她生活。

孩提时代，每到春天，阳光明媚的时候，母亲就会提上竹篮，领着我们几兄妹到山野里搜寻蒲公英。"灯笼草（重庆乡村对蒲公英的别称）可以打毒，你们几个吃了身体好，不长疮。"我们坚信不疑。母亲的脑袋像一部乡村宝典，装满朴素的思想和知识，虽然她大字不识几个，却熟知田间地头的一草一木、一花一果，哪些吃了可以清热，哪些吃了要遭上火，哪些吃了补人……外婆娘家是有名的大户人家，外公也是一个小土豪，母亲算得上是有见识的女人，这从她不俗的嫁妆可以看出来。我家卧室有个很大的樟木红箱子，是装衣服的，箱底放着很多胡椒，可能是母亲当新娘时就带到婆家来的。反正我从记事起就爱去抓那胡椒，一颗颗放在手心里，滚来滚去。母亲总是在大雪纷飞的冬天，抓几颗胡椒砸碎了，撒在狗肉汤锅里。而我们几乎每个冬天都能吃上狗肉，因为母亲总是五更天就起床，方圆几公里地去搜寻被人炸死的野狗。上苍总是不愿辜负这一个中年丧夫又独自带着几个孩子艰难过日子的妇女。

即便如此，每年腊月，母亲是一定要杀一头猪的，一半给国家，一半留给自家吃。除夕日和正月初一，这两天是我最幸福和快乐的童年记忆。因为母亲做的丰盛宴席，我常常吃撑了肚子，打嗝、拉肚子，一下从幸福的巅峰跌落下来。母亲就会抢起锄头，到山上去挖一种叫隔山撬的块根状物品，拿回家洗净后，放在碗底用手慢慢磨碎，然后和汤汁一起喂进我肚子。这东西真管用，喝上几次后，我就活蹦乱跳的了。

母亲怕春天。这和我有关。小孩淘气，春天一到，太阳出来，我便迫不及待地脱下棉服。家里困难，母亲总是把姐姐穿过的旧棉服缀上补丁，又给我穿，我很不愿意，所以总渴盼冬天快点过完。脱下棉服的我白天在地里疯跑，晚上趴在灶台上看母亲用丝瓜茎洗腊肉，然后和绿豆一起熬煮，等待第二天的美味。绿豆是秋天从自家田边地角采摘的，每年都会种植好多，枝枝蔓蔓地，和南瓜藤相互缠绕着；南瓜绿豆汤也一直支撑着我整个秋天的胃，秋燥被这些毫不起眼的土产品吓退得无影无踪，而我被乡野菜蔬草药滋养的胃就等待着冬天的狗肉、初春的腊肉眷顾。趴在灶台上的我很快就睡着了。

怪兽、巫师、风云……我仓皇地奔逃，大声地呼喊，我想逃出重围，却怎么也迈不开步。就在无奈、绝望和痛苦像丝一样缠住我时，一只温暖的大手拍醒了我，睁开眼，母亲正焦急地站在床边，手里端着汤药。"你发高烧了，说好多胡话。"阳光从屋顶的玻璃亮瓦映射进来，也照着母亲红红的双眼。母亲找来墙上的艾草，每年端午它们都会挂满门楣，成为我家一年的风景。母亲点燃艾草，熏了我发烫的额头，然后叫我喝汤药。这是她清早采摘熬煮的，有紫苏叶、橘子树皮、侧耳根等，我一直想把这个方子记下来，可是大学毕业在城里参加工作，然后成家立业，远离乡村，远离母亲，竟然一直未能遂愿。

那次，我喝了母亲的汤药，蒙着被子大睡一觉，出了许多汗，翌日就好多了。还有点咳嗽，母亲又摘回癞格宝（重庆乡村对蛤蟆的称呼）草，给我炒了鸡蛋吃。母亲说父亲常年奔波在外，一心帮老百姓办事，有一次感冒拖久了没得到及时治疗，落下了支气管炎，母亲就是用这种草药治疗他的咳嗽的。父亲最后病逝于肺结核，但是癞格宝草炒蛋治疗咳嗽却一直传了下来，多年后先生患急性支气管炎，我曾开车到很远的郊外采摘给他吃。

几天后病愈。母亲吆喝我和哥哥姐姐，一起到乡野采摘蒲公英。她要在这个春天，用这种草药把我们身体的毒都打尽，以此安安心心过好这一年。春天的原野生机勃勃，胡豆花、豌豆花开了，油菜花也开了，青草可劲儿地生长，泥土的芳香沁人心脾。每发现一株蒲公英，我都激动不已，我常常吹散它顶端的白色花朵，看毛茸茸的种子四处飞散，期待着小蒲公英们的生长，期待着来年一家人的采摘。

乡村的孩子就像蒲公英一样，落地就兀自生根发芽，蓬蓬勃勃地生长。我到重庆上大学之前，从不知道输液为何物，整个童年、少年期间，除了几次特别重的感冒到乡卫生院打针吃药外，几乎都是母亲的草药给治疗好的。今年春节，正上高二的女儿患口腔炎，牙龈肿得厉害，我先到楼下药房买了黄连上清丸，她吃了一天没效果；接着又去买了消炎的西药，还是未好转；再带她去川北医学院找专家开了药，她还是喊痛。眼看国外的旅游行期将近，一大家子聚餐时，亲人们七嘴八舌，有的喊她快去输液，有的喊她吃这样或者那样的药，让她愈发焦躁烦乱。

女儿的这次生病不禁引发了我对母亲那些草药的惦念，春天一来，我便开车载着她来到山野，搜寻记忆中的蒲公英，同时也想把母亲给我治疗感冒的药草找齐。我在给女儿讲述外婆的故事时，更希望女儿的内心能够纯净，像这春天的原野一样生动自然。因为我的母亲本身就是一株蒲公英，素朴芳香，她用勤劳和智慧，洗净我们内心的杂念，让我们健康成长至今天。

年关

每年一进腊月，我的家乡重庆，家家户户就要开始杀年猪了。

我家也不例外。选个吉日，一切准备妥当。"哗"的一声，杀猪匠二叔从皮套里抽出一尺见方的刀，银白晶亮，闪着寒光。"扑哧"一下，他毫不犹豫地手起刀落，一张被太阳晒黑的脸瞬间憋得通红。"噢，噢，噢……"躺在两根高板凳上的猪儿声音渐次微弱，扑腾几下闭上了双眼。凳下的木盆里，放了盐的井水融合那一股股奔泻而出的血液，不多时就凝聚成一团"血旺"，被母亲端进了厨房。一个抱头、一个拦腰的彪形大汉也即刻舒了口气，放开双手，甩把汗水，惬意地摸出叶子烟，点火，吸抽。

那时，还是黄毛丫头的我站在阶沿上，目睹院坝中央整个杀猪的过程，又喜又怕。二叔却淡定自若，指挥两个汉子把猪掀下板凳，摆在铺满谷草的地上，然后用刀挑开腿脚处的皮肉，又开双腿举起双臂，像只青蛙匍匐在那里，开始往猪身上猛烈吹气。一下，两下……慢慢地，猪体开始膨胀，不多时，一只雪白滚圆的大肥猪便灿烂了我们的眼神。

"快去提开水来。"二叔用绳索绑紧吹了气的猪脚，冲我吼道。我回过神来，赶紧往灶房跑。姐姐在一边劈柴，妈妈正在烧水，一年中最好的柴火在灶膛里欢笑，露出红红的脸庞。满屋的水汽，氤氲着欢快的气息，袅娜地升腾着，扑向屋顶的瓦片。

整个院坝都喜悦了。狗们乐颠颠地跑过来，在二叔的呵斥声中，夹着尾巴想方设法去偷舔地上的血迹；三五个小娃儿也循声跑来，趁空拨弄一下猪身上的耳朵或者尾巴。二叔表情严肃地接过我手中的水壶，从猪脊开始烫毛。细细的开水线冲刷着洁白的猪体，略带腥味的水汽弥散在院落里，年味也像一锅熬开的粥，飘散出浓浓的香，牵扯了我们的神经，吸引了新奇和期待的目光。

猪毛烫好了。二叔搜出铁刮子，俯下身子，从猪背开始刮毛。他那黑脸也涨得通红。雪白的毛片在飞落，像瑞雪。母亲赶紧跑过来，捡拾那又长又粗的鬃毛，留做洗衣刷。当散落一地雪花时，二叔就要进入下一步的工序了。

哥哥们早架好了梯子，支在屋檐下。来帮忙的两个彪形大汉在二叔的指挥下，把雪白滚圆的猪儿"吆喝"着挂上梯子。眼瞅二叔很威武地擦拭一柄长刀，"咔嚓"几声响后，猪被劈开两半，就像打开了"杂货铺"，杂碎"哗"地掉下来，装满了木桶。二叔翻拣出肠子，把接头麻利地固定在两米左右的铁杆上，又熟练地溜索下去，肠内杂物就基本清除了。

大门被取了一扇下来，搁置在堂屋正中的四根木凳上，等待着与"肉"（那年那月的奢侈品吃食，"肉"即猪肉）一年一度的相逢。我不知道它们在相逢的那一刻会是怎样的心情，但是我想吃"肉"的欲望却贯穿了整个童年记忆，从白天到梦魇，从年初到岁尾，就像饥渴的旱地渴盼遇见清冽的山泉。这样的满足在生日那天是不必说的，还有的饕餮大餐就是过年，它极大地丰盈着我的胃、我的成长记忆、我的人生梦境。

猪头被完整地宰割下来，留作祭祖用。两条猪大腿也被割下来，来年它们是要走亲戚家的。"肉"中包裹的两块亮板油，被二叔撕裂开，放进器皿中。母亲会把它们炼成油，在炒菜时加上一勺，可以滋养我们的身体，但我觉得它们其实一直在养护我们的灵魂，因了贫苦和艰难，因了勤劳和勇敢，使之洁白而高贵。二叔把"肉"一块块割开，在边上戳了个小洞，整齐码放到谷箩筐里。母亲会把它们一块块腌渍，然后挂在灶上和壁上，就像挂满希望的灯笼，给我们信心和力量，陪伴我们走过每一段清苦的日子。

掌灯时分，二叔完成了这项年关盛事，脸上才露出欣慰的笑容。我家一年中最隆重的华宴也拉开了帷幕。家族的人都来了，聚集在院子里。妇女们在厨房忙碌。长辈们上座后，讲述着家族的荣耀和兴旺，孩子们眼睛则都落在新鲜出锅的酥肉上，只待那最老的长者一声令下，便要展开舌尖和美食的争夺战。血旺和粉肠煮的萝卜汤端上来了，凉拌的精瘦肉也摆上了餐桌，蒜苗煎炒的肉清香四溢……杀猪匠二叔的剪影、留着花白胡子侃侃而谈的叔公、穿堂而过招呼应承的嬢嬢们、忙着倒酒倒茶的哥哥们、吃饱喝足打闹嬉戏的我和同龄娃娃们，精彩地演绎着乡村华年的贺岁片，留存着岁月的温馨记忆，尘封进心底。

坚守的皂荚树

春天到来时，嘉陵江最大的支流——西河上新建的西华体育公园终于渐露迷人的风姿了：造型别致的人行拱桥和笔直宽阔的机动车大桥并向傲立于大河上，相衔公园的东西两面；南北纵向而立的大道边，栽满高贵大气的银杏树，又被中间艳丽的鲜花带分割出许多独立的小园子，或是羽毛球场，或是篮球场……

你或许永远也不会知道：流经西华体育公园的河流曾经碧波荡漾，滋养着两岸的青山与田野，哺育着世代生活在这片土地上的人们。此前，我总爱在夕阳西下的傍晚，和丈夫挽手，沐一身暖晖，踩过西河上原来窄小的石桥，来到如今公园所在地的山上眺望远方。我常常满心欢喜地扑进山上的麦田中，采一把野花，摘几片桑叶，掐几苗野菜，觉得仿佛就把春天带回了家里，根植进了心底。

山顶上有棵古老的皂荚树，总在春天来临时爆芽、吐绿。丈夫说：小时候，春天来临时，他经常邀约伙伴们到皂荚树下，一起躲猫猫、打弹弓；盛夏，皂荚树宛如慈爱的老妈妈，张开枝繁叶茂的臂膀，把一群刚从西河洗完澡的光屁股蛋们揽在怀里，为他们遮阴避凉；而秋天，丈夫就攀爬上树，摘来墨黑的皂荚，给妈妈洗衣服。冬去春来，皂荚树一如亲人般，盛满了丈夫童年的记忆，也牵引了我这个外乡人的心怀。她就像一位老人，以慈爱的面容，面对青山岿然而立，娓娓而言，给大地一份踏实敦厚的承诺。

后来，上山的西河老石桥被改建拓宽，笔直的一条公路穿过山中间，远远地，就看见一株落叶尽褪的皂荚树，迎风伫立在山尖。树叶没了，那突兀的苍老枝丫与光秃秃的山尖构成一幅冷清的画面，让我很心疼。

之后，市政府在公路两侧规划了建设用地。这里，将建立起一座豪华漂亮的体育公园……山很快被推平了，皂荚树被移栽到建设用地的中央。每次从修葺一新的西河大桥上经过，我都会看到她落寞的身影。她是那么孤独！

鸟儿不再飞过，山花不再摇曳。

　　光阴荏苒。又一个春天来临，西华体育公园全部竣工。黄昏，我踽踽独行于公园的堤岸，却欣喜地发现视野的末梢出现了一幅让我欣喜不已的画面：魂牵我心灵的皂荚树就屹立在公园的中心！虽然它干枯的枝叶还飘零在偌大的树干外，但是那黎青色的枝干和枝丫间分明有春芽正待发，无不昭示着春天的色泽和生命力；树之外的草坪间有细小的泉流在淌，缠绕着一排排焕然一新的椅子，情人们偎依在上面低声呢喃，老人们在花间竹下悠闲舒适地散着步，毗邻的游乐园传来孩子们的欢笑声，好像突然惊醒了正要归林的倦鸟，潺潺而过的西河上顷刻就翩然飞起两只白鹭，羽翼扫描着远处鳞次栉比的高楼和近处井然有序的住宅区和休闲地，韵化出公园无限的风情和魅力。

　　皂荚树又开始爆芽，开始吐绿啦！她不再孤独，看眼前的城市和乡村紧紧相衔，身旁有鸟儿飞过，有鲜花摇曳……更多的则是人们的欢声和笑语带来的快乐和幸福！

夜雨微风嘉陵岸

三年，仿佛弹指一挥间，就过去了。

但于我而言，时光留影，总会积淀一些生活的暖、人世的爱，就像嘉陵江石一样，牢牢地拴住了记忆，任凭风吹雨打。

对于痴迷文学的我来说，重庆晚报夜雨副刊群英荟微信群（下文简称"它"），就是挂在我心中的一块玉石，总是温暖如春，给我慈爱的光芒，指引我回家的方向。

我的老家在重庆大足。我上大学的地方在重庆南岸四公里。后来我又曾在新华社重庆分社青年报工作过一段时间。老家就像山一样，总让我凝望、想象、思念。

三年前的那个冬天，回到老家看望年迈母亲的我，被姐姐拉进了一个微信群——重庆晚报夜雨副刊群英荟。进群的那一瞬间，我就被铺天盖地的红包雨炸昏了脑袋，重庆人的豪爽就像遍地而生的火锅，太热辣了！

热能催生温度和情感，让我从此对它迷恋不已，仿佛一天不在群里说句话，心里就空落落的，就像没有回家。它就是停驻在我心里的"家"，能看见解放碑的钟、朝天门的江、菜园坝的火车站、渝中区的体育馆……它融合着山城的九曲小巷、高楼大厦、乡音乡情，被憨厚的棒棒们用一根根扁担谱写成五线谱，被绕城而过的江水流淌出诗歌，被群里的各位作家烹饪出一桌好饭和好菜，让我总想回"家"。

回"家"的感觉真好。家里的长者慈爱有加，那些如雷贯耳的名字，黄济人、傅天琳、王明凯、李钢、徐大立、邢秀玲、蒋登科、张者等等（群里410个人，恨不得一一写出来），名字后面就站着一个实实在在的人，不虚妄、不做作，就像山城巷子里的黄葛树一样自然，根深叶茂、遮阴蔽日。那些才华毕现的人，陈益、常客、程华、郑劲松、郑洪、张涛、周鹏程等等，他们就像邻家大哥，或者姊姊妹妹，心无间隙，像火锅里的红辣椒般赤诚，裸露着心怀，传递着温暖。

它也像朝天门的江水，潮涌时，总会翻卷出一朵朵浪花，让人尖叫、让人兴奋，体会着人间的幸福和快乐。通常这个时候，总有一个神秘传奇的人物闪亮登场，仿佛肩扛了麻袋手拿了锅铲，一勺勺地往锅里抛料，增加饭菜的颜色和香味。我十分喜欢了哥的"麻袋"，麻袋里总会放着金币，抢着他的红包，便是抢着一天的快乐。

这锅饭好比相声，有捧哏和逗哏，助推高潮的常常是西南大学第一才子（我们都这么叫他）郑劲松。每次了哥一勺子佐料下锅，他总能马上就着这个料子整出一句、两句、三句……或者三句半的玩意儿来，让人捧腹大笑，直到笑得趴在桌子上（因为大家都在群里饕餮盛宴嘛）。所以他当之无愧成了群英荟周年庆、两年庆，或者三年庆聚会的主持人。

江水也有沉静时。它仿佛跑累了的火车，载着一大群人不紧不慢地开始了休养生息。这群人来自全市各地，包括各种职业，但是他们的思想和情感扭结成了一个标签：文学追梦人。这当中也包括我。这时候，大家便沉寂下来，春天吟着风，夏天向着雨，秋天看着叶，冬天赏着雪。诗或者散文写好了，拿出来，一个字一个字揣摩、品味、收藏……我觉得，这个过程，可以让"小"的梦想家长大、开花、结果……至少我是深受其益的。

最可敬的是那些策划者或者群主，他们总是甘当铺路石、奠基人。哪怕天晴落雨，哪怕深更半夜，哪怕酷暑寒冬，也从不缺席，绝少迟到，很有"慈母手中线，游子身上衣"那种感觉。这种感觉在每周六的晒稿会上体现得尤为明显和深刻。这种感觉在这个时代、这个社会都是很珍贵的，尤其对于写作者而言。因为晒稿会上大家都明摆着，把作品往桌子上一放，论颜值担当和品色质量，总有人来收稿，绝不错过一篇好的。公平公正公开，挺好！我常常羞怯着上场，生怕"丑媳妇见不了公婆"，没想到，居然很多篇作品变成了铅字，变成了好稿子，甚至获得了重庆晚报第二届文学奖，变成了我心中的暖流。

暖流如春，温润如玉。仿佛夜雨微风，吹过嘉陵岸，吹过异乡的我，让我找到回家的路。

端午情深

掐指算来，从 2002 年离开老家重庆市大足县，随丈夫转业安家到他从小长大的四川南充市至今，已经十余年了。今天又是端午，每逢此时，满城总是飘满艾叶苦苦的味道和米粽淡淡的清香；一年又端午，此情此景，总是如丝线般牵起我很多的思绪和记忆。

一大早我就起了床，先到宁安巷，这里是全市最大的蔬菜交易场所，有很多郊县农民专门到这里进行买卖。还没到巷口，满眼满街就都是绿色的艾叶在眉梢跳跃，也有香樟木叶子的清香远远袭来。农民通常是把艾草、香樟木叶子等捆扎成一束一束地卖，这很吸引老人们的目光。我一向觉得，挑起保卫中国传统文化习俗大旗的，绝对是这些老当益壮的大爷大妈们。他们仔细挑选着当街的艾草，回家后挂在门楣上，或者煎了水，让一家人洗澡洗脚，也福佑了这一年的健康幸福和欢乐。

在这一群老人们的身影中，我依稀看见了母亲佝偻的腰肢。父亲早逝，母亲辛苦劳作，艰辛哺育着我们兄妹几个。但是我的记忆总是苦涩中蕴藏着浓浓的甘美，因为每到端午节前夕，母亲就会围着那条青色的围裙，在厨房里不停地忙碌着。她先把柴火烧得旺旺的，把井水烧开，把糯米用开水烫一遍，然后端个簸箕，在院坝边开始了一个农妇最简单也是记忆中最温馨的中华传统节日的承继——包粽子。一片片的芭蕉叶适合包长长的米粽，当地人称为"猪蹄子"。有一种叫猪儿粑叶的适合包一个个的小米粽，我尤其喜欢母亲包的小米粽。猪蹄子通常是留着走亲戚的，想来是高端大气上档次。老家屋后那丛蓬绿的猪儿粑叶，长如剑鞘的叶子，墨绿的颜色，母亲摘了用水冲洗干净，然后把浸泡过开水的糯米包在里面蒸煮，那种香味是记忆中最美的味道，也是岁月留给我永不褪色的胶片——想想暑气逼人的盛夏，我和哥哥姐姐小伙伴们躲在那密密的林叶中，憋足了劲儿屏住呼吸，不知道擒获了多少在那里纳凉消夏的个儿大肥美的蜻蜓。还有那屋前的芭蕉叶，荫满中庭，看那叶叶

心心舒卷一如汪满绿色的深情，难道不正是母亲这一生对我的守望和眷恋吗？屋侧面自留地里的木耳菜蓬蓬勃勃地生长着，绿得似乎要滴下水来，母亲在端午节那天就会采摘了到附近的集市卖，换回我们几兄妹需要的学费。院坝边橙子树下一丛丛艾草的气息也熏染了我的心灵，母亲总是把艾草放在门楣上，营造出浓浓的节日气息，在苦难的岁月里，总是让我和哥哥姐姐们幼小的心灵燃起希望的火苗，那是一种对未来幸福的向往和追求。我是那样眷恋着我童年的一切！

此时，我又想起了去年端午回老家和亲人们一起去毗邻的荣昌县路孔古镇感受端午气氛的记忆片段。

有年逾古稀的母亲、我和哥哥姐姐们、女儿和侄儿们，我们一行人走过长长的古街，在红墙绿瓦的屋檐下，鞋跟在青石板上叩出清脆空灵的声音，仿佛穿过时空的隧道，走进了童年温馨的记忆中。在这里，岁月似乎亘古。一个太婆在街边石磨旁轻轻摇动着手臂磨糯米粉，举手投足间，仿佛中华几千年来节日的历史和故事都被慢慢磨出来了，只待路过的人细细看了和品味了；眯着眼睛从一个小巷口望出去，街面下的小河中，一位大爷头戴着斗笠，身披着蓑衣，随同一叶轻舟翩然而过；傍依水车，还能听见吱呀的声音，仿佛在诉说着大地的故事，荒、兴和荣……荡舟河畔，黄昏中的古镇像一幅水墨山水画，诗意而朦胧，只觉得饮了一杯淡淡的酒，却积淀了浓浓的情。

不管时空如何变幻，有些人和事，一定不能忘！这是心灵的家园，这是人类衍生的灵魂！

最圆中秋月

这两天工作很忙，台湾来了一批客人，做好服务和接待是我的本职工作。在中秋节来临之际，他们从遥远的海峡那边而来，如果能在异乡感受到亲人般的温暖，是不是比南充的山水更能让他们感到亲切和感动呢？

自2011年从南充日报社调到南充市旅游局以来，我先在市场科工作了一年，后被抽调到市政府整体旅游营销办担任常务副主任，这期间，我很少好好休息过，手机更是不敢关，时时处于紧张状态。我本是重庆人，2002年跟随丈夫到了川东北的这个城市，我成为这个城市的一分子，而这个城市也已经成了我生命的一部分。

把客人送上飞机。好不容易放假了。家里也很忙。我系上围裙，开始洗衣收拾屋子。先找来清洁剂，把油烟机的污垢清除干净，橱柜脏污擦掉，碗筷全部洗净，放于阳台上；然后把被子拆了放进洗衣机，给花木浇水，拖了地板，完成一个主妇应有的活儿，这是分内的事情。

感觉身体不是很好，有点头疼，可能感冒了。随着年龄的增加，越来越在乎身体的健康了。人的一生，如果没有了一个好身体，还有什么更能让生活灿若鲜花呢？

坐在沙发上，猛然想起：今天是中秋节！外面在下雨，一直下。看着阴沉的天空，心里突然很难过，从什么时候起，忘记了自己的生日、家人的生日。从什么时候起，自以为的一些小的事情，比如给远在老家重庆的母亲打一个电话、陪女儿去爬一次山……总以为还有很多时间可以去做。但是生命，每天都在流逝着，每天又都是新的，有多少的"小事"，一去后就永远不复返了？这样想着，我的眼泪就下来了。我想起了高龄的母亲。

果然，晚上接到姐姐的电话，说母亲一直守在家里的电话边，一直在等我的电话。而那个时候，我正想着要给她老人家打回去的。我赶紧打回去，发现几乎在铃声响起的一瞬间，母亲就拿起了电话，而母亲说了几句话后，我就能感受到她心里的宁静和安详。母亲说想睡觉了。姐姐说，之后她就安静地睡着了。

我的眼泪再一次流了下来，突然发现前面所有的理由都不是理由，忙不是理由，身体不好不是理由，错过了的电话，就是错过了的等待和眼神以及心情。就像时间，昨天和今天，去了就永远不会回来了啊！就像今天晚上的月亮，不管天晴还是下雨，不管是在北方还是南方，它都在那里挂着、圆满着。可是过了今天，就不是今天的月亮了，它不会一直在那里圆着等你来赏。

那夜，望着窗外的圆月，我失眠了。我不禁在心中时时提醒自己：生命中最重要的，终归还是那些和自己息息相关的人，以及情爱！我还想起了节前来临的那批台湾客人，他们也是来探亲的，一衣带水，都是祖国的孩子。生活在这个世界上，只有山川是永恒的、太阳和月亮是永恒的、亲情友情爱情是永恒的……

温情的熏烤场

已近年关，川东北的这个城市，处处张灯结彩，车水马龙，一派热闹非凡的景象。最能烘托年关气氛的，是西河大堤上熏烤场冒出的袅袅烟气，和风飘逸出腊肉香肠的味道，牵扯着远游人的思念，刺激着归家人的味蕾。

熏烤场由政府统一规划实施，一个个柴灶依次排开，像一个个露天的家庭厨房。大多是大妈大爷们蜷缩着身子，往柴灶里堆满甘蔗皮、花生壳、谷壳等燃料，架上柏树枝，把火点燃，又不让这些燃料起明火，只准它们冒烟，熏制灶上的香肠和腊肉。

香肠的制作一般用机器来完成。把选好的猪肉、羊肉、牛肉等放进机器里打成块状，撒上花椒面、胡椒面、海椒面、酒、味精、葡萄糖等，搅拌均匀，再放进机器，对着大肠灌进去，一节节用线捆扎好，也有不怕麻烦的，坚持用手工完成上述一系列程序，然后晾于通风处吹干即可。腊肉的制作相对简单，把盐、花椒和橘皮等混合煎炒，选出上好的五花肉、后腿肉等，按照一定比例均匀涂抹，码放于器皿中腌制五到七天，取出风干，开始熏烤。

这个周日，上午去市作家协会开了年会。午饭后和几个作家朋友一起聊天，比较投缘。这个冬天，他们和文字带给我些许的欢乐和温暖，可以抵御寒冷的侵袭。下午刚把一位作家朋友送到火车站，先生突然打了电话过来，说他已经找好了柏树枝，想熏家里晾干的腊肉和香肠。

我赶紧打的回家，把香肠和腊肉一股脑儿用麻袋装了。此时先生已经把车开到了楼下，他把麻袋扛到了车上，我们一起到了南门定点熏烤场。

那时是下午五点左右。阳光很好，从行道树的罅隙透过来，碎金般洒满一地，暖洋洋地映照着熏烤人的身子。熏烤的人大多撅着屁股，一刻不停地打理着灶膛里的燃料，生怕"冒火"，烤煳了香肠和腊肉。此时恰好有个柴灶空出来，太婆取出灶上熏烤好的东西，一溜儿摆在地上的纸壳子上，金黄油亮，看得人直流口水。这时候来了一个摄影家，背着厚厚的摄影包，听口音像东北人，闲聊中得知果然是东北人，他姓杨，每到年关，都要到四川等地旅游，专门寻找民俗风情风物等拍摄。

先生把东西一一摆放到灶上，说声"我钓鱼去了"就跑了，家里跟着看热闹和稀奇的小狗布丁也一溜烟儿跑去了。约莫一个小时后，旁边的太婆提醒我，赶紧把下面烤好的香肠和腊肉翻到上面，不然下面的要烤爆炸。我站起身，赶紧去找钓鱼的人，原来他就在堤坝下，吼了半天吼上来，小狗也摇着尾巴上来了。

可能动了恻隐之心，看我这么辛苦，先生说他来，然后就往灶里放枝丫。他使劲放，一会儿就把灶膛塞满了。不一会儿，灶上火光四射，我听见了油们"吱吱吱吱"欢乐的声音。我气坏了，赶紧把他训斥到一边，慢慢做示范，让他学习如何把燃料的烟释放出来。

不知不觉，太阳已经下山，天气转凉。也许先生觉得自己做错了事情，赶紧在旁边一个灶里燃了木柴，烤火给我取暖。此时烤场只剩下我们两个人了，还有一只狗。

饿了。

他赶紧取下香肠，用叉子和钢材烤熟了，好香啊！

星星似乎出来了。

七点多，天气越发凉了。我们收拾好，打道回府。回家给孩子说，娃娃笑得前仰后翻。我说这是今年我和你爸爸做得最浪漫的事情，这也是我的文字记录下来的最有意思的一件事。

2019 年 1 月 29 日，腊月二十四。

一大早，我就被窗外的一串鞭炮声惊醒，太阳也似乎就要冲破云层，满心欢喜地探出头来，笑盈盈地打量川东北嘉陵江边的这座城市——南充。

西河边，几只白鹭无忧无虑地在浅滩漫步；一只翠鸟全神贯注盯着河面，守候在泉流经过处；一位老人蹲在地上，在给孙子拍照……河边公园，被工人割掉的芭茅草开始泛绿，春意也像闹喳喳的小鸟，飞上枝头，尽展歌喉，飘逸出动人的旋律，也吟诵着春天的即将到来。

市文化路、涪江路、育英路、丝绸路、驻春路……一排排行道树身上，披上了五彩的星灯，只待夜幕的降临，那跳跃的色彩和脉动，给远方归来的人一张安详的笑脸、一双深情守望的眼睛。

快过年了。

南充，拥有七百多万人口的绸都，新兴的成渝第二城，渴盼着远方客人的踏访，也急切地期待着游子的归来。

在市人民广场，那飘扬的彩旗，那高挂的红灯笼，仿佛春天的颜色，引领着一个五颜六色的花廊，正好矗立在广场的中轴线上，对应着市歌舞大剧院。那大红的颜色、喜庆的氛围，像早晨的太阳，朗照着我的心，兴奋着我的每一根神经和每一个毛孔。

我仿佛听见锣鼓敲起来，演员们次第入场，以排山倒海的气势，亮开了嗓子。只见那川北木偶衣袂翩翩，在一挥手之间，就有一手漂亮的书法留在人间。人偶共有情，你方唱罢我登场，皮影、剪纸、灯戏……一个都不少，一个都不落。

而此时的歌舞剧院静默着，胸有成竹，悄悄地等待着一场年的欢宴。被人们钟爱的川东北大木偶、皮影、花灯等精彩剧目，已经成为这座城市的精神名片和灵魂。还有视野中的白塔晨钟、北湖映荷、果州之源、嘉陵凤谷等，那些城市和乡村的风景地标，像一首古老的曲子，汇聚着此地彼时的人文思想，随着嘉陵江水，禅音悠扬。

偶然瞥见办公楼下的蜡梅花已然凋谢，枯叶一地，但黎青色的枝条却显得很刚毅的样子，昂首挺立，因为新芽就快要绽放出来了。旁边的海棠花却早忍不住了，摇着手臂，露出笑脸，迎候着人们的到来。潮涌岸头，在城市和乡村的每一个角落，红色的花瓣、金色的花蕊，透出无限的地域风情。嘉陵江边的这个城市，山青水碧，宜居宜业，风景这边独好！

伫立在川东北最大的广场中心，足下是顺庆福祉，嘉陵江对面是高坪宝地，目之前方是嘉陵新区，西山与鹤鸣山遥相对望……一条江挽系了这城和山，山和水相互守望。四处延伸的道路更像大地的血脉，带着温度和情感，流淌着人们的热情和愿望，也蕴藏了无数的人文故事和传奇：西汉落下闳夜观星宿，三国陈寿著书立说《三国志》，现代朱德千里走单骑、张澜清风梅影办学堂……经典的红色文化、三国文化、嘉陵江文化，如瀚海星河，熠熠闪烁。

我不禁想起第一次在南充过春节的情景。

那是在 20 年前，除夕夜，我带着重庆娘家几岁的侄儿，和婆家人一起，爬上宁安巷一幢民居的顶层，看鹤鸣山上盛放的烟火。礼炮声轰隆隆过后，奇丽的烟花在空中绽放，美丽无比。第一次看烟花，侄儿兴奋得一宿无眠。那时候，南充市区最繁华的是模范街，最大的动物园是果山公园，最高的是明宇酒店；没有大型超市和电梯公寓，北湖公园还用一道围墙遮挡着。

作为这个城市的一分子，我们去触摸它的灵魂吧，来体会它每一个细节的生动和真实：这是一个魔法般神奇的变化，一幢幢高楼大厦在嘉陵江边奇迹般崛起，一条条高速公路在南充周围玉带般伸延，飞机、动车等现代化交通工具，把南充和全世界连接起来，南充已经成为成渝经济圈中重要的交通枢纽和商贸中心。还记得长篇小说《燕儿窝之夜》吗？洪水淹没了南充大半个城，一个惊心动魄的风雨之夜，一群骁勇奋战的南充人，一条奔腾怒吼的嘉陵江……让人刻骨铭心。也许屏幕上的惊涛与骇浪，只能永远沉积于我们的记忆中了。

20 年过去了，侄儿已经研究生毕业，并且加入了中国卫星发射研发团队，把自己的梦想给予了遥远的太空，他再来这片土地，看烟花的记忆早被飞速发达的交通、商贸等取代。我也有了自己的孩子，喜欢吃米粉、锅盔凉粉，看皮影戏等，成了地地道道的南充人。我在此居住了十多年，第二故乡的山川风貌、物华天宝等已经烙印心海，刻骨铭心。

江河同我们一起生养着，城市和祖国一起连接着。

一年又一年，步步高！

闪耀在星空的"春节老人"落下闳

　　"小孩小孩你别馋，过了腊八就是年！"

　　年像一根红头绳，织成了中华结，凝聚了中国情。

　　灯笼高挂，福字倒悬。腊八节这天，四川阆中"第二届落下闳春节文化博览会"如期举行。在古城中天楼，万人齐聚，同品腊八粥的壮观场面出现。热腾腾的腊八粥刚摆上长桌，年味就溢满了古城的每一个角落。

　　落下闳，西汉时期天文学家，巴郡阆中（今四川阆中）人，将二十四节气纳入历法体系之中，从历法上确定以孟春正月为岁首而被誉为"春节老人"。2010年，阆中也因此被中国民间艺术家协会授予"中国春节文化之乡"。

　　阆中隶属四川南充，三面环山，四面环水，是中国四大古城之一（其余是云南丽江、山西平遥、安徽歙县）。"千水成垣，天造地设。"《中国国家地理》杂志一言概之。阆中四面山形如高门，因名阆山；嘉陵江流经阆山下，因名阆水；城在阆山阆水之中，故名阆中。

　　传说人祖伏羲之母华胥钟情于此，在阆中南池（今七里坝、马驰坝）边孕育了伏羲，文字载于《路史》："太昊伏羲氏……母华胥，居于华胥之渚。"文中注解："所都国有华胥之渊，盖因华胥居之而名，乃阆中俞水之地。"后伏羲降生地取名为凫慈乡。今天，阆中古城建有"华胥广场"，是为纪念人祖之母。

　　始念天地之母，一生二，二生三，三生万物，得山水、草木、飞禽走兽、城郭……才有阆中古城这绝佳风水宝地，卓然于世。

　　中天楼，就是阆山阆水的原点，贴近了古城的心脏，走进了它两千三百多年的建城史。战国时为巴国别都的它，像一位铮铮铁骨汉，砥柱中流。凭栏望，城外青山相峙，碧波暗涌，舟楫渔歌；城内秩序井然，黑白（黑为古城，白为现代建筑物）分明，像极了太极图，占尽天时与地利。俯瞰四方，古城格局成棋盘状，"半珠式"、"品"字形、"多"字样的建筑群体分散开去，檐顶却一字排开，像鲫鱼脊背叠加，引人入胜。

下了中天楼，穿过门廊，踏上青石板，走过长满绿苔的街沿，走过有"中国科举文化活化石"之称的贡院，走过川北典型民居的杜家四合院和张家小院，走过有"阆中三绝"之称的张飞牛肉、保宁蒸馍和阆中醋房，走过千年的人工缫丝作坊……天地中，你是不是已经打开了一本泛黄的诗集：天地合欢的神奇，天人合一的美丽，告诉你这千年古城不老的秘密：青龙白虎相伴左右，朱雀玄武福佑前后，嘉陵梦绕渔火晚舟……

江与城相拥而眠。历代文人墨客感怀于此，无不为这片土地的神奇和魅力所倾倒，杜甫说它"阆中盛事可肠断，阆州城南天下稀"，苏轼赞誉它"阆苑千葩映玉宸，人间只有此花新"，陆游讴歌"城中飞阁连危亭，处处轩窗临锦屏"……秦砖汉瓦魂，唐宋格局明清貌；京院苏园韵，渝川灵性巴阆风。它灿烂辉煌的文化和近 200 处名胜古迹，像星星一样在天空闪烁。

诗韵宛然。风水独特而又四季分明的阆中，孕育出杰出的天文学家落下闳。"春雨惊春清谷天，夏满芒夏暑相连。秋处露秋寒霜降，冬雪雪冬小大寒。"《二十四节气歌》的音律，明快清丽。它就像一位神清气定的老人，虬髯铜须，目光如炬，从西汉飘然走来。

时光逆回到公元前 110 年（元封元年）的一天，长安古都，汉武帝正焦灼不安：秦以来的轩辕历已不能准确地反映四时交替和天象之变，谁能助我改革历法，造福子民？！司马迁见状斗胆进谏：阆中人落下闳可以！

落下闳星夜起程直赴长安，诏命在肩，从此三年，潜心钻研。

他结合前半生在阆中的观天实践，研制出我国历史上第一台天文仪器——浑天仪。借助该仪器，他准确地观测出日食周期，科学地提出一个月等于 29 又 43/81 日的观点，称之为"八十一分法"。他竖竿观日，以竿影长短确定出"夏至""冬至"，又根据一年中昼夜的长短变化确定出"春分""秋分"，继而确定了立春、雨水、惊蛰等二十四个节气。

汉武帝紧锁的眉头终于舒展了。二十四节气明确了一年中播种、收获的时间，预测了雨水的多少及霜期的长短，农民可依此规律有序地安排农事。他将之定名为《太初历》，并改元"太初"，在泰山举行了隆重的封禅大典，庆贺新历法诞生。该历（今农历）于公元前 104 年实施，确定以一年的孟春为岁首春节，并沿用至今。

《太初历》诞生后，落下闳辞官返乡，归隐故里。

2004年，联合国教科文组织为使这位了不起的阆中古人的名字与业绩能与日月同辉，特地将16757号行星命名为"落下闳星"。

落下闳的名字被嵌入"太空"，外国人评价他是"中国天文史上最灿烂的星座"。这位世界级的天文学大师，欧洲一些国家至今每年都要举行一次仪式纪念他；而在他的家乡阆中，每到春节，百姓都要焚香设酒，祭拜这位"春节老人"。嘉陵江边，锦屏山上，在当年观测天象的地方，他的"观星楼"和他的青铜铸造塑像正和日月同辉映。

第二辑

上善若水

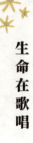

期待真诚

　　我曾取来一抔心田深处的沃土，想要轻轻地撒在你爱的心原；我曾引来一泓山间清冽的泉水，想要注入你明净的心潭。可是，你却紧闭你绿色的心扉，只让一束嫩绿的青枝，在心墙的一隅垂绿。

　　于是，我在你高高的城门外踯躅又徘徊，用心灵的独语、爱你的笑脸。终于，你虚开门缝，探出一张写满无奈、痛苦又期待的脸。你低沉地说，那天也曾坦诚地开启过心扉，却不料让人践踏了你辛勤培育的爱之花园，让柳枝断灭，让花瓣飘地，留下痛楚的回忆。

　　我坚守在你的屋外，用爱配就的心钥匙，开启你的心房。打开心窗，仔细倾听我的述说，这个世界，原来是一座充满爱的花园。有许多善良的人，用心底散发的热情，悄悄温暖着别人的心房。在蜂群酿蜜的时刻，也会有苍蝇去吮吸那醉人的芳香。但你不要因一次偶然的伤害，就怀疑我真诚的目光，因为，晴朗的天空，也会有一丝乌云飘过，洁白的玉石也掺进了一点瑕疵。不要期盼完美的生活，学会宽容、谅解、善待我们身边的每一个人。用微笑装饰他们多彩的梦境，用友爱的泉水沐浴他们的身心。这样，我们便拥有一个美丽的星空，夜夜都有爱的星星在闪烁。

　　开启你的心扉，让小屋充满欢乐祥和的气氛。渴望你的真诚，如甘霖一滴，滋润我干涸的心田。

心心之间

如果心与心之间有一片茫茫的沙漠，当阴风乍起时，卷扬的尘土、漫天的沙雾，便会遮住人的眼眸，使你陷入黑暗的深渊。望不见沙漠的边缘，有着清清小河水在淙淙地流淌，嗅不到河之心那块温馨迷人的青草地在阳光下喷吐着一缕缕幽香，忘记了深广的天幕上镶嵌着一枚丽日在灼热地发光，望不见蓝天中那朵朵白云在悠悠地飘荡。就这样让尘沙裹了身、蒙了眼，埋掉心中那一颗火热的心；就这样让黑暗肆意地吞噬自己，在一个冰凉的世界里孤寂地前行，感受不到人间的真情，感受不到友爱的温暖。

朋友，不要让心与心之间有片荒凉的沙漠，不要让心中堆积沙砾、飘满尘埃。同在一片蓝天下生活，太阳的光辉一样沐浴着你我。让心中存一块绿洲，在绿洲上植一株友谊之树，掬一杯清甜的心泉水，诚挚地把它浇灌，让它开出鲜花，永远绽放在彼此的心间，好吗？

心与心之间的路径有时太遥远，从自己心路的起点出发，有时却很难走到对方的心之终点。或许心径上又长满了荆棘，小心翼翼地迈步时，却被割破了双足，血淋淋地难再迈步。于是只好掩藏了伤口，独自忍受着痛苦的折磨。

朋友，如果心径太遥远，就不妨把它缩短，好吗？你需要真诚的帮助，我需要信任和理解。猜疑、中伤、诽谤、嫉妒，这些心径上的恶魔，全都要埋葬。铲除那丛杂生的荆棘，让路径铺满爱之花瓣，变得平坦。相逢即便原是陌路人，你点点头，扬扬笑脸，或许你的倩影，便会印在他人心壁，永驻他人心间。

心似菩提

去年春天，我和丈夫带着孩子到西安游玩。一家人逛至回民街，孩子突然在一个摊位前站住了脚跟，眼睛直愣愣地盯着一种椭圆形的坚硬无比的果实。然后伸手拿了一颗，放在手心摩挲，第一次决然地对我说了一句话："妈妈，这是菩提果，我要买！"

于是我一口气给孩子买了十几颗。孩子的心是纯净的，她要送老师和小朋友，认为这是最好的礼物。那时我才认识并了解菩提果，这可是佛家的吉祥物。小贩不停地摩挲着手中的两颗菩提果，并告诉我们：天长日久，感受手心温度的菩提果会变得坚硬无比，像玉石一样放光彩！果真，他旁边就放着几颗玉石一样闪烁着光泽的菩提果，不过价格比较昂贵。放眼满街的菩提果，在回民街的摊位上闪着灵性的光泽；回看雄峻的钟楼傲视着古都，仿佛与大雁塔深情相视，恍然间醒悟：玄奘西行，引来真经；菩提东渡，根植沃土。难怪这片土地如此神秘，尽显江山风流，留下多少故事和传奇。

回家后，于睡觉之前，我总爱摩挲手心的菩提果，期待它闪放光彩的那天。我常常陷入沉思和遐想：菩提树会是什么样子的呢？能结出这么厚重的果实，它该经受了怎样的磨难和历程？

夏天到来后，菩提没有变成玉石，我的心却被它温润成了一泓清澈的泉水。每每凝视着它，心都会变得虔诚、纯净。那浅白的暗纹也在心里烙下印痕：想那天天身佩佛珠手捻菩提果的僧人，定然是红尘中的青莲一朵，仿佛天堂般美好。佛曰："菩提本无树，明镜亦非台。本来无一物，何处惹尘埃！"心中有美，天地乃宽。

于是，在一个夏日的傍晚，当天幕涂上黑彩之后，我坐在中原的嵩山山坳之间，沐浴月色之清辉，静心端坐，参悟原国际奥委会主席罗格的观感名言：《禅宗少林·音乐大典》，能得奥运会金牌！天界月华如水，四围山影淡淡。山之坳，地之中，以天地为幕。在绮丽的灯光中，是打坐的僧人、敲钟的沙弥、习武的高僧、浣纱的少女、牧羊的孩童……在四季的轮回中，在人生的参禅过程中，人性、佛性是那么完美地融合在一起，构成了天地中的大美。少林禅宗音乐大典，就像一幅绚丽而精深的画，静静地垂挂在嵩山深处，隐美于斯，让人前来拜谒。而那几个小时捻珠静坐的僧人，在"菩提本无树，明镜亦非台。本来无一物，何处惹尘埃"的清音中，与嵩山深处的画这样完美地融合在一起，令人敬仰。

菩提真无树？就在今年初夏的一个午后，当阳光穿过一棵枝繁叶茂的菩提树的罅隙，把斑驳的光点投影在我的身上时，我的手战栗着，感觉灵魂也在一刹那间轻舞飞扬。的的确确，我看见了一棵古老的菩提树，它就伫立在青海省塔尔寺的最高殿堂。传说藏传佛教创始人宗喀巴诞生于此。当年在他出生的地方，在海拔三千多米的高寒地带，竟然神奇地长出一棵菩提树。花开花长，每到秋天，簌簌的秋风吹落心叶，信徒们莫不争相疯抢，珍藏于心，为家人祈福。如今这棵菩提树已经成为塔尔寺的圣物，几十年开花一次，结果数千，与三千心形叶片一起，成为人们心中的美和朝拜的圣地。一个个虔诚的藏民，跋山涉水远道而来，对着这棵菩提树膜拜，他们通常要叩拜十万次，为亲人带回平安和幸福。藏族导游告诉我：正在叩拜的那个花白头发的阿妈，已经在这里一年多了，她得把这十万个响头磕完，才会回到远方的家。

家在远方。但是菩提树的心却被他们带回了远方的家，温暖着爱和真情。我终于明白，几十年开花结果一次的菩提果，从它东渡的那一天起，就以坚硬的外表、柔软的心灵、闪光的色泽，无时不在护佑着我们每一个中华民族儿女的心灵。

爱的轮回：动物·人

母牛渡江

中国四川蓬安县。嘉陵江水一路逶迤而来，至此徘徊踟蹰，欲走还绕，把一段秀美的身姿留于司马相如故里——周子古镇，供人景仰。

伫立于相如镇的油坊沟村，我不禁眼神迷离。看江水缓缓东流，如练如绸。情至深处，它竟然在江中挽系一个美丽的结，圆满而馨香，谓之太阳岛。结心是青青的草和浅浅的水湾，吸引着生灵们的目光，牵扯着岸边人的思绪。

七月，芳草萋萋。牛们踏芳而来，朝阳喷薄而出。头牛嘶鸣，数百名疆场勇士刹那激情喷发，力破江中涡漩，一路披荆斩棘，一路高奏凯歌，直抵水草丰美的太阳岛。百牛渡江，中国唯一的生态奇观华美上演。

水之上，春天成长的鸭们和鸥们兴奋极了，它们忽而浅翔低唱，忽而绕颈轻语，牵绊着牛们的啼声。牛们瞬间安详，悠闲踱步，轻嗅花香。蓦然回首，一头母牛惊见刚出生几天的犊儿正在对岸"哞哞"叫唤！

母亲瞬间发狂，它毫不犹豫舍弃鸟儿们的诱人风情，还有唇边的青青草地，"扑通"一声跃水，折回江中，朝对岸那双期盼的眼睛奋力接近。

岸边人惊呆了。牛犊儿安宁了。不一会儿，它就温顺地匍匐于妈妈厚实的背脊上，在岸边人泪光盈盈的迎送下，在嘉陵江水轻柔的抚摸下，在太阳岛的热情拥抱下，完成了一个美丽的心结。

岸边人是我！

母亲和我

去年，女儿刚放暑假，我就一人乘车回了老家重庆大足，把年迈的母亲接来小住时日。

没承想回南充的路很曲折，票早被一抢而空。只好买了合川转乘车。谁知道到了合川，一问才知道到南充的车要下午两点才出发，索性打了的士，把母亲迎到南充。

　　还好整个过程，母亲都安静地跟着我。又因早上在车站我买了一块晕车贴贴在她耳垂，居然一路上都没晕车，大喜。把母亲接来小住是很费周折的，74岁高龄的她根本不愿出远门。她心里装着的是满满的乡音和乡情，城市的高楼大厦远不及她的一个灶房或者一只鸡鸭重要。

　　回家，安顿好她后，我就出门了。没想到她一下睡到五点多，其时我也刚好回。看母亲规规矩矩坐在沙发上，很无聊的样子，我索性打开电影频道让她看电视。正好播放动画片《八仙传说》，母亲兴奋极了，津津有味地盯着屏幕。

　　晚餐买了她喜欢吃的卤水豆腐。饭毕我又带她到附近的西河体育公园游玩。没想到母亲的记忆力特别好，一直述说公园建成前的模样。我特地把她带到公园音乐喷泉那里，看小孩子嬉戏玩耍和冲浪。母亲很开心，眼神因兴奋而清澈明亮，像个孩童，始终让我拉着她的手走路。她的手皲裂而厚重，像她苦难的一生！

　　小时候母亲拉着我走路，老了我拉着她走路，人世就是这样一个过程。

　　生命轮回，亲情永远！

买菜记

俗话说"民以食为天"，我是很注重吃的，小时候的味道长久地占据在我心中，那是乡村的味道，是母亲和家的味道。所以，每个周末抽出时间，到菜市场买菜是我最乐意做的事情。我有经验，能一眼分辨出哪些是地道的乡村菜，买回来自农村最新鲜最芳香的应季蔬菜后，花一两个小时做出可口的家常菜来，让家人吃得好好的，是我最欣慰的事情。

今天天气很热，炽热的阳光像蛇的信子，舔舐着草木和大地。我熬了小米粥，收拾完屋子，已经十点多了。带着小狗布丁到菜市场，此时太阳已经升得很高。

宁安巷是全市最大的菜市场，乡下的农民大多挑菜到这里来卖。我去得晚，卖菜的人已经不多了。我一边走一边仔细搜寻着还沾满泥土气息的蔬菜。通常卖这些蔬菜的都是一些太爷和太婆，他们的菜是不是很新鲜，我一眼就能认出。

第一个碰到的是一位花白胡须的老人，他守着一大堆红薯，才刚出土的。这么新鲜的红薯，看着都诱人，我想买几斤，便蹲下身子问价格。"你全部给我买了嘛，太阳这么大，我想早点和他一起回去。"没想到大爷竟然这样说，同时指了指身边另一个已经卖完菜的菜农。我有点为难，看着他花白的胡须，什么话也没有说，然后蹲下来把红薯全部装进了口袋。红薯足足有十斤。拎不动，我暂时放在一个面馆里。只见两个大爷高高兴兴地回家了。

接下来碰见卖茄子的，也是一位大爷。我买了两斤。他说剩下的不好卖，"天气好热，我不想蹲了，你能不能给我一下买了？"他期待地看着我。我看箩筐里反正也没有多少茄子了，干脆一下收走了，有四斤多。

接下来买番茄，买藤儿菜，差不多都遇到类似的情形。

返程回家时，我哪里拎得动这么多的菜？赶紧找了一辆三轮车载货，一路走一路收货上车。回到小区，把先生喊下来拿菜。小区门卫看着我放在地上的菜，惊讶得合不拢嘴。先生看着小山似的菜，很是生气，说："你买这么多菜要吃多久啊？要坏的！我经常扔掉你买的多余的菜！"

"反正我们也要吃菜，那些卖菜的又能早点回家，几块钱对我们又不是很重要的事情。"我眨了眨眼睛。先生一直不知道，我买菜的这个习惯已经二十多年了，从成家的那一天起就是这样，这是我心里留存的一个小秘密。我坚信：在给予一个人幸福的时候，哪怕是最微弱的一点光亮，都可以温暖人心，照亮他的心。

真的，不知道从什么时候起，很多人已经丢失了自己心底最宝贵的东西，丢掉了那些沾满泥土芬芳的最可贵的纯真气质。看着那些在烈日下劳作的人，难道你没有觉得有可能他就是你的父亲，或者你父亲的父亲、父亲的父亲的父亲的身影？

情牵蒲公英

晚霞灿烂如花，为黄昏的天空装点出一片亮丽的景色。

暮色中，一对年逾花甲的老人，从绿树婆娑的村小学校园走出，沿着碎石铺就的小路，缓步而来。男的清瘦，穿一件洗得发白的中山装，背略佝，走起路来一跛一跛的，许是腿脚不太灵便；女的微胖，白发皤然。妻子在前，走累了，气喘吁吁，停步歇息。丈夫紧趋几步，伸出满是青筋的双手，想要轻轻捶一下妻子的腰背。不承想，右脚踩翻了一块碎石，一个趔趄，几乎跌倒。妻子马上关切地回转身，吃力地弯下腰，轻轻地抚摸丈夫的脚踝，嘴里啧啧有声，一脸的焦急。丈夫摆摆手，安详地一笑，继续前行。

正是暮春时节，夕辉暖暖地沐浴着山川原野，新绿已浓浓地抹遍了大地。桑枝上爆吐的嫩芽、田埂上盛开的豌豆花、冬水田里泛绿的秧苗，如一首飘扬在原野上的春之曲。田埂边，一种淡黄色的小花，也在向春天尽情展示着生命的华彩。

这就是牵动老人的蒲公英啊！

这对老人终于走完那段碎石铺就的小路，来到田埂边。丈夫掏出小刀，弯下腰，在草间仔细搜寻着蒲公英。妻子紧随丈夫，手拿塑料袋，不多时，袋里就装满了蒲公英。

我第一次看见他们，这幅景象，便深深地摄入眼眸。我只知道，这对老人是村小学的退休教师。在此执教了几十年。夫妇俩没有孩子。

当许多次从老人身边经过后，有一天，我不禁问道：

"老人家，采这么多的蒲公英干啥呀？"

"泡茶喝！"妻子仰起脸，微笑着回答，"我几十年前就得了肝硬化，一直靠蒲公英解毒，不然，早就去世咯。"笑容如花绽放在她那略显苍白的脸上。我分明看见，一股乐观自信的神采，就深深镌刻在她那饱经风霜的面庞里。

"也多亏了他，一直关心照顾我，从来没有嫌弃我。"她扭过头去，凝视着老伴，目光满含深情。此时正好她的丈夫也回望着她，眼里流露出怜爱之情，那该是心灵的光辉？几十年来就这样一直心心相印，互相温暖着对方的心房？！

我的心灵被深深触动：关于爱情故事，或许山盟海誓的言语听的看的唱的太多，最终轻薄的劳燕分飞总无法令人掉泪。但这对相扶相携、走过了几十年岁月的风风雨雨的老人，那至纯至美的情爱，却会使人感慨不已。因而，我的眼里，时不时总浮现出晚霞、春光以及灿烂的蒲公英……

小街飞过鸿雁情

在我生命的旅程中，我永远记得 1993 年 8 月 29 日这天发生的事。这一天，我从重庆教育学院中文系毕业了，被分到重庆大足弥陀中学执教。

那天天空正飞着蒙蒙细雨，有成块的铅云，在空中缓缓移动。

一大早就上路，赶往新学校报到的我，下了公共汽车后，在通往学校的乡间路上望涩了双眼，仰酸了脖子，才盼来了一辆破旧的三轮车。于是便觉心情如那空中的乌云，点点雨丝也随同八月的风吹过心湖边。

到了弥陀小镇，当倾倒的墙垣、低矮的房舍、狭小的街道如一幅醒目的立体画，映入眼帘，刻进心间时，我突然瞥见拐弯处一间油漆木屋的壁上，挂着一个绿色的邮箱。好像有一缕光亮，瞬间照进了我的心房。虽然油漆已经剥落，但酷爱读书写作的我还是觉得那里面装有一份不可知的喜悦，一点还很朦胧的希望。我阴沉的心顿时明朗起来。

油漆木屋的门边，安放着一张简易的书桌。一位年过六旬的老人，戴着一副老花镜，正仔细整理一大沓书报和信件。

这是城郊的一个小镇。街上没有霓虹灯跳跃闪烁的色彩，也没有舞厅里婆娑起舞的倩影。每天下午，一声放学的铃响牵走了校园的人流，留下异乡的我面对夕阳独自感伤！

于是，我便回小屋，至夜幕垂下，无电的时辰，点上一支红红的蜡烛，看烛泪点点滴下，于无声的夜空，在摇曳的光圈中，铺开稿纸，把心中的情丝，一缕一缕，用心地编织在洁白的稿笺上。

第二天清晨，我便怀着兴奋的心情，跑到小木屋前，从老人手中购来邮票信封，粘好后，在他慈爱的目光下，小心地放进邮筒中。

不久之后，我便在一张散发着油墨香味的报纸上，看到了我变成铅字的名字。渐渐地，那间小木屋，竟然成了我的牵挂之地。

不但我，分来这儿执教的年轻人，都爱来小木屋。我忽然觉得，它好像

一块文化沙漠中的绿洲，会流来清清的甘泉水，飘来醉人的花香，把我们的心田时时滋润；一只只思念的白鸽，每天也从这里起飞，飞向亲人、朋友、恋人……

我成了小木屋的常客。我随那群年轻人一起，敬称老人为谢伯伯。

每天清晨，小街上的人都会看见一个个子不高的老人，怀里抱着一大摞报纸、信件，迈着一双不大灵便的脚，从街头到街尾，一丝不苟地递送着邮件。不管是朗朗的晴日，还是绵绵的雨天，一如既往，从未间断。

有一天，我偶然听说，谢伯伯没有子女，老伴儿也早逝。在这条街上，他已经工作了几十年。那以后，再次从他手里接过信件，感受镜片后流出的丝丝爱意时；望着他那佝偻的腰肢，被风吹翻的白发时，一股咸咸的泪水，忽地从我的眼里流出，滑进深深的心底。

天道酬勤。因为我的努力，因为那一篇篇变成铅字的作品，人生的小舟带我驶离了小镇。我远离了家乡，走进了都市，走进了高楼大厦，我当了报社的记者，当了主编……

2013年的春天，我独自开车，再回弥陀中学。只几分钟，就沿着崭新的柏油路进了小镇。小镇已不是记忆中的模样，街头拐弯处的油漆小木屋，已经被一幢高大漂亮的楼房取代，一楼的店铺摆满了各式各样的手机。我打听谢伯伯，可是没有人知道他的踪迹。

谢伯伯，您把多少欢乐和喜悦，用一颗挚爱的心，洒向了人们的心原。雨天，走过那段泥泞的土路；夏天，冒着炎炎的烈日，从十几里外的县城，用一个简单的背包带回。然而这么多年来，您收到过一封属于您自己的信吗？！

即使时光荏苒，光阴已不再；即使您与红尘作别，到了另一个世界；即使当今科技发达，信息畅通，信件已经不再是人们交流的主要手段，谢伯伯，我还是要在今晚给您写一封信。夜已深，又见烛光点点影。放一只心中的白鸽，衔着深情的祝福，谢伯伯，给您！

情系藏乡核桃

八月，这是拉萨昌都市八宿县尼巴村一个独特的午后。

周围高山两相对峙，山峰如削；溪谷泉流淙淙，密林暗香幽幽；四围如聚，藏寨星罗棋布；金阳翻过山坳映照过来，光芒四射！

尼巴村二十三户人家一百一十八人齐聚村委办公楼后的核桃树下，阿妈和阿爸们带来了自己舍不得喝的酥油茶和青稞酒，还有珍藏已久的哈达，恭迎着远方的客人。西藏作协副主席白玛娜珍带领全国八名作家，一路辗转，紧贴怒江悬崖峭壁步行五个小时，又搭乘尼巴村小伙子的摩托车一个多小时后，才走进这藏家深处。

一时间，歌声飞扬，舞姿翩跹。藏寨男女老幼皆是大山的歌者和舞者，他们用最虔诚的心，表达着自己真挚而朴素的情感。山风吹来荞麦的芳香，也送来马儿的响铃声。面对他们，我不禁情动：尼巴村的父老乡亲们，我的心在和你们一起跳动！

翌日，当村长扎西顿珠搭乘摩托车上来，把随行的央视记者小张进山时不慎掉在山路上的钱包和笔记本电脑等物件专程送回时，当他送来小伙子们花一天时间骑行摩托车到八宿县城为我们买回的几斤牛肉时，当我听白玛老师讲述村里赖以生存的经济基础就是山野中那一株株茂盛核桃树上的秋收之果时，我暗暗发誓：一定要尽我的所有力量，帮助他们卖核桃，尽可能给他们的生活增加一丝亮色。

回到四川南充。转眼已是十月，白玛老师告诉我，尼巴村的核桃已经成熟啦，村民们正在采摘丰收的果实。闻讯后，我随即在南充散文学会微信群和孩子就读的南充十中家长群告知了这一讯息，并倡议作家和家长们奉献爱心，没想到得到他们的积极响应，短短一天时间，就收到核桃订单七百斤。这给了我极大的信心，当即与顺庆区企业协会会长、南充作家彭小平联系，希望得到他的帮助，听我讲述完尼巴村的故事后，彭总也一口应允了。

顺庆区企业协会发出爱心倡议，南充作家和十中家长们也在不断增加订单，11月初，核桃订单达到五千斤！我把喜讯告知了白玛老师，她马不停蹄地联系好了运输车。这五千斤来自雪域高原、地球第三极的野生核桃，从尼巴村到八宿县城，再穿过川藏线，翻越千山万水，躲过塌方、泥石流等巨大危险，在大雪封山之前，在11月8日顺利运到南充。我不禁喜极而泣！

　　第一次当商贩，做不赚一分钱的买卖；第一次和货运物流公司打交道，因为物流车太长进不了城，核桃到不了彭总的公司，我急得双脚大跳，并哇哇大哭……但最后抹掉眼泪，一切问题还得解决。经过协商解决，物流公司找了两辆车，终于在9日10点30分把核桃拉了过来。等候多时的人们喜出望外，当市工商局的质检人员当场验货后宣布这是合格的野生藏地核桃时，在南充市顺庆区企业协会办公室外面，整个农科巷都沸腾了！

　　大自然恩赐的世外桃源的百年古树结的核桃您吃过吗？我要骄傲地告诉尼巴村，以后的核桃再也不愁销路了，每个村民都可以高高兴兴地过一个好年。这么多人认知了、体味了，这是我今年西藏之行的最大收获！

　　我第一时间发布了这个微信，并得到了亲人和朋友们的鼓励与支持。著名作家裘山山、中国散文学会理事邢秀玲、南充著名诗人瘦西鸿等老师更是力挺我；南充顺庆区企业协会办公室里，你十斤我二十斤，买核桃的爱心人士络绎不绝；因为多运来超出订单的六百斤核桃，我第一时间联系到遂宁农场主廖总，并说服他要了这几百斤核桃，同时配合他送到高坪物流公司。翌日，当他把第一笔最大金额的七千三百元核桃款转到我微信时，再苦再累，也值了！南充摄影家唐玲发了微信：这是我身边的故事，话说咱南充女作家安音，在前往西藏山区采风的过程中，发现当地交通闭塞、民风淳朴，唯一的经济作物就是高山雪水滋养的核桃，为了赶在大雪封山之前把核桃运出来，于是从未做过生意的人发起了暖冬行动。今天我收到了来自雪域高原的核桃，做了一盘琥珀桃仁，又香又脆！安音，明年继续！

　　那我就借用诗人作家们的词句，留存这永恒的爱吧。不忘初心，明年还会延续这一活动。

母爱深深深几许

1999 年 10 月 31 日，一个阳光灿烂的日子。

我紧闭双眼，躺在重庆大足儿童保健院冰冷的产床上，恰似勇猛的水手，同惊涛骇浪般的阵痛奋力拼搏着。只觉得那撕心裂肺的痛楚像万千条狰狞的虫子，深入我的骨髓，吞噬我的肌体，撕咬我的神经，分分秒秒，过得如此漫长。下午 5 时 30 分许，历经八个小时艰苦卓绝的奋战，剧痛终于如潮水般消退，我自然分娩了孩子。一声响亮的婴啼，打破了产房的宁静，如雷贯耳。顿时，我仿佛看见一轮初升的朝阳从海面喷薄而出，闪烁出万千道金色的光芒，灼热了我的眼眸，也炙热了我的心房，让我不禁喜极而泣！

恰有缕缕阳光透过窗棂，倾进产房。初为人母，细看小女，粉嫩的脸、小巧的嘴、淡淡的眉及一头湿漉漉的毛发，像绸线般牵扯出我深藏心房的丝丝爱意，消融了这之前所有的不安、艰辛与痛楚。怀胎十月，有多少的期待和欣喜？有多少的担忧和惊惧？又度过了多少个不眠之夜？当一个健康婴儿呱呱坠地的那一瞬，就是一个母亲最美丽和最幸福的时刻。

我感叹生命是如此神奇。初到人世的小女，就转动着一双灵活而美丽的大眼睛，蜷缩在我怀中找吃的。丈夫嘱我安心养身，然而，我又怎么能够安得下心？女儿的每次啼哭，都让我揪心。之后每天频繁的喂哺，更让我感慨时间的流逝是如此之慢，为人父母又是这么不易！但是，喂哺过后，女儿每一个甜蜜的笑靥，每一丝满足的神情，手脚的每一次挥动，都让我那么激动、兴奋，就像三月的春光，灿烂了我整个的心境。那时候我们还住在重庆远郊一个部队家属院，生活条件很不好。天寒地冻，每天清晨，丈夫便烧好水，用电烤炉把屋子烘得充满生机与热气，然后托着软绵绵的小女在大盆子里洗澡戏水。小女兴起时会拍打一身的水花溅湿他的衣服，但丈夫眉眼里都是欢笑和爱意，把她拎出来，然后一丝不苟地给孩子穿上衣裤和鞋袜。

产后的我身体极度虚弱，每次吃饭是最痛苦的时刻。只要热饭菜一下肚，虚汗立时就湿透我全身。丈夫怜惜我的身体，常指着小女言：长大了，可一定要孝敬爸妈呀！

养儿方知父母恩。我深深感谢我的母亲，她生我、养我，赐予我无穷的智慧。如今我做了母亲，她却还在为我和我的女儿操心。记得那次带孩子回老家，已是傍晚，因为很劳累，我先上床睡觉了。母亲居然摸黑从田里剥回成熟的青豆，放在瓷碗里细细地捣碎、慢慢地研磨，居然在半夜给我和女儿做出一碗清香甜美的豆腐脑来。母爱，总是在不经意间像春雨般，慢慢渗透进心里，融化进血液，成为永恒的记忆。

有一个故事，它长久地触动着我的心灵。故事的主人公是一位娇弱的产妇，分娩时难产，医生决定为其剖宫，然而麻药对她竟数次无效。不得已，她喊医生将自己手脚捆绑于手术台，剖宫取孩。其间产妇痛得几次昏死，但她每次醒过来后都强烈请求医生开刀剖宫。护士们不得已用冷水把她浇醒，见惯了生离死别的医生含着泪水，最后顺利取出一名男婴。

那位坚强而勇敢的母亲是丈夫同事某连指导员的家属，我在离开部队家属院时，那个小男孩已经一岁多了，茁壮健康地成长着。我就想：儿子长大后，他会记得母亲这比天地还宏阔的爱吗？

我猛然想起之前在报纸上看的一则新闻报道：县长逼死亲母。讲一农妇，含辛茹苦供两个儿子上学。后来，两个儿子皆考上大学，飞出了偏僻的穷山沟。大哥当了教师，弟弟做了县长。可就是这兄弟俩，娶了媳妇忘了娘，竟让母亲无奈流落异乡，客死在外。

我感慨于驰名中外的大足宝顶山石刻《父母恩重经变图》，风风雨雨中，伫立于绝壁之上，任时光的长河自足下流淌，却永远地向世人昭示着人类文明的光华：伟大人类不尽的繁衍和生息，靠的是以血脉为纽带而代代相承的啊！母爱，那该是世间一部最伟大的作品，用心、用血、用情、用爱编写而成。

深埋心底的梨核

在 1976 年那个深秋，肩挑风雨的母亲一下累倒在病床上。

没了父亲的孩子，母亲就是挺拔在我们心中的一棵大树。那冠盖如云的枝叶，为我们支撑起生活的一片晴空，我们不能没有母亲如荫的呵护！

我蹲在床沿，一任伤心的泪水在脸上流淌，母亲那艰难痛苦的喘息声，如磐石般压碎了我这颗稚嫩的心。不满十四岁的哥守在床边，不停更换着热敷在母亲额上的湿毛巾。晦暗的厨房里，飘来中药浓浓的苦味和轻轻的啜泣声。

长兄如父。穷人的孩子早当家，哥成了母亲坚实的臂膀。第二天，他到村小学替上小学一年级的我与四年级的姐请了假，又让同学捎了自己的请假条，然后砍了院坝边几棵苍翠的秀竹。母亲说，绕在院墙周围一带茂密的竹林，原是父亲亲手栽种的，父亲当年曾教会哥用竹条编筐、编篮、编锅盖……从此，每年除夕夜，哥便把数九寒天编筐、编篮、编锅盖挣下的压岁钱，化作新年一张写满亲情的贺卡，尘封进我们的心底。

傍晚，姐煮了母亲爱吃的鸡蛋面。我们守着她吃了，服侍她睡下，哥便招呼我和姐到堂屋给他打下手，下午他已经把竹划成了纤细的竹条。深秋的风萧索而凄凉，吹得屋外竹叶"沙沙"作响。桌上如豆的煤油灯忽明忽暗，印着哥坚毅执着的脸庞。昏暗的光圈中，我们坐在地上的剪影，投在了斑驳的墙上。

夜已深，万籁俱寂，倦意一阵阵朝我袭来，我不知什么时候睡着了。黎明，我被母亲的咳嗽声惊醒，只见一束橘黄的灯光透过壁缝，照进里屋。朦胧中，一幅令我终生难忘的画面，清晰地烙印在我的心底：哥弓着腰，就着咸菜，正咽着一块块苕片；眼睑下，红红的血丝布满了他那清凉的眼眸；满是竹屑的地上，几只红红的辣椒头聚在一起，如火般灼痛了我的心房！

我的眼泪唰地流了下来。

"小妹，别哭，把饭吃了，你和姐照顾妈妈，我去卖锅盖。"哥轻声安慰我，出了门。

傍黑，哥回来了，尽管满脸倦容，却抑制不住内心的激动和喜悦。我看见他洗得发白的粗蓝布衣服上，溅满了煤星。原来他卖了锅盖后，又去镇上水泥厂挑了一下午的煤。哥手里拎着一大袋梨子。

橘黄的灯光中，哥把梨子仔细削了皮，喂了母亲，又分别给我和姐一个。我一点点品尝着雪白的梨片，甜甜的汁液流进了心田。

就着夜色，我把褐色的梨核，小心地埋在院坝边的竹林里，连同梨核埋下的，还有我那美好的祝愿。

我耐心地给梨核浇水，我要让来年满树灿烂的梨花，装点小院的春色。

几十年过去了，那褐色的梨核始终未发芽。但家乡的山山水水，却在希望的田野中一天天变化着，院坝边楼房的一隅，红果绿树茁壮成长着，一片青枝碧叶中，缀满了雪白的梨花，花海中，是母亲朗朗的身影，而树下，可是哥你的骨魂？可是你刚毅如山般的躯体化作的春泥，守护着这片碧绿的梨林？我和姐相继大学毕业后，都在各自的岗位上做出了不凡成绩。哥，英年早逝的你，可否看见了这一切？

桐子花又开

雨丝不断，迷蒙了老屋、竹林、菜地、小河……我的视线却很清晰，父亲，您终于和我见面了，这一别整整四十三年！

黄土，骨骼。多么亲切！我紧盯着您，珍惜着每一秒钟的默视，想要给您披上大衣，想要给您沏杯热茶……多少年来，我就只能在心底一直描摹您的模样；多少年来，每次走过您身旁，我都期盼您能呼喊我的小名，揽我入怀。

雨雾蒙蒙。飘洒的春雨，淋湿了我的秀发，也晶亮了我的双眸，泪花中，您清瘦的身影就一直站在这儿，一个叫天堂村的地方，它隶属于著名的石刻之乡——重庆大足。父亲，是您吗？蹒跚着腿，伸出带茧的手，在抚摩我的脸，一遍又一遍。我跪拜于此，刹那间，郁结在我心底数年的寒冰渐渐消融，化作暖流，融进黄沙，浸透您的骨魂。

山坡上，桐子花又开。黎青色的树干、鹅黄色的叶片儿、白紫色的花瓣。水珠滴落，打在湿漉漉的土里，沙沙沙……像春蚕咀嚼桑叶，似少女抚琴弹曲，此时，满目的春光春景春色。父亲，您曾以心为纸墨，把情做笔砚，写意着天堂村的山水画！

母亲说，您自任前进社主任后，曾随队远赴河南学习焦裕禄同志舍身忘我的精神，归后就处处以他为榜样，为了解除缠绕在村民身上的贫穷和困苦，在冬天，您迎着朔风；在炎夏，您冒着酷暑。是您踩着清晨的第一滴透明朝露，是您用腰肢送走天边最后一抹晚霞，您把血汗都倾注在了褐色的土壤里，从不恋家，母亲说她恨您！

您对母亲说：栽下桐子树，秋天桐果就可以榨油，就会有光亮，就可以看书写字；种下桑苗，就可以养蚕织锦，就可以丰衣足食；修整鱼塘，就可以藕荷田田，年年有鱼；开挖沟渠，就可以浇灌山川，山青水绿……桐子坡、柑橘林、桑树湾……我记事时起就能数出这些有特色的山坡名，前进社后更名为天堂大队，不知是否因此缘故。

父亲风里来雨里去，不幸积劳成疾。因为一次感冒拖延治疗，竟然发展成肺病至五脏衰竭，您在永川地专医院无情地抛弃了我们，撒手人寰，那年我才三岁。

多年后，风吹麦浪时，我曾踏着父亲的足迹，走进了兰考这片土地，走进了焦裕禄当年工作和生活的地方。在纪念馆里，看着他音容宛在的遗照，看着他曾经坐过的那把破旧藤椅，看着他为那里乡亲父老所做的一切，我突然想起我的父亲，我努力找寻记忆中几乎没有留下模样的父亲，我不禁恸哭失声。

父亲一张照片都未曾留下！几十年来，女儿只能就着心中的画纸，蘸着点点血脉之情，一笔一画，勾画您的身影。当村里上了年纪的老人对着我，一遍遍念叨您的时候；当母亲回忆往事，记忆的闸门冲破潮水时，我便描摹您如剑的浓眉和清瘦的身影。这只能是个模糊的轮廓，这该是怎样的痛彻心扉？父亲，您可知道您的女儿也有了女儿？父亲，您知道吗？村里人迁移到了城市，只有母亲，还坚守着这片土地。每次回家，她都会带我和我的女儿看她养的鸭，看她喂养的猪；每次回家，母亲总在不停地唠叨，说家里的事情、村上的事情，更多的则是您的故事……原来母亲一直固执地"恨"着您，固守着家园，她也是在陪伴自己的丈夫啊！

父亲，您可知道山梁上，桐子花又开？您可知道柑橘林依旧青绿，小河水依旧清澈？天堂村成了风景区，高速公路正要穿过山岗，去向远方。

但是村里的坟茔都需要迁移。早在腊月，家侧面山坡上的祖坟和村里其他人家的亲人墓冢都纷纷迁移，只剩下父亲的坟茔，守望着他曾走过的山野。那日清晨，天气很冷，雨丝不断。父亲启程时，我突然抑制不住泪水，奔涌而下。足下的这片热土，在不久的将来会被一个现代化的工业园区取代，我多么希望父亲能再多看一眼这青青的山林，多么希望他永远记住这个当年曾生活过的地方。

上午十一时许，在绵亘不绝的巴岳山麓，在一片青翠葱郁的松林坡上，父亲安息在一个很敞亮的地方。周围，依然山林青青，前面，依然水美丰饶。父亲，您就静静地躺在这块滋养您的土地上吧，不要再奔波劳碌了，让山风为您吹响生命的乐章，让茁壮的树干为您遮蔽风雨太阳！

爱的笔记本

雨一直下。瓢泼似的倾泻到窗外的树枝上。

丈夫正低头吃饭，他下意识地看了看手腕的表，突然放下碗筷："我不吃了，时间来不及了，得马上去电脑城拿定好的笔记本。你收拾好行李就在家门口等我，一会儿我开车送你去车站。"

吃完饭我赶紧下楼，好大的雨。不一会儿，老公开车回来了，把崭新的笔记本电脑小心地放在我手心。老家哥哥病危，两点钟我必须赶回去，当丈夫把笔记本放在我手心的那一瞬，我的悲痛瞬间减轻了许多。

他从来不会给我写情诗，也几乎不在言语上说动情的话，但那一刻，我深深震撼：他是不是把不善表达的感情用生活的酸甜苦辣酿造出了一坛婚姻的酒，历久弥香呢？！走过岁月，走过风雨，有过坎坷与磨难，有过纷争与不解，想起始终默默陪伴在我身边的爱，我终于明白，他就是我婚姻中最大的麦穗！那么，就让这个新买的笔记本，记下丈夫对我的点点爱意吧！

那天是 1995 年的国庆节，身着军装的丈夫和我手挽手走进了重庆市大足县复隆镇民政所，领回了我们的结婚证。那时他是空军某部刚从北京指挥学院毕业的一名飞行参谋，我是机场附近的一名中学教师。部队家属区简单的新房、简单的家具，却记载了我们远离城市在乡野最丰富的情感生活：小河沟钓鱼、土坡里挖菜、山丘上望远……"我以后一定会给你很幸福的生活！"翌年的夏日，当我们气喘吁吁地爬上机场的后山望远，当夜航灯在草坪间次第闪亮时，这是丈夫给我画的第一个"幸福梦想之饼"。

2000 年的三八妇女节，这是我当母亲后过的第一个女人节。家属区离县城很远，有二十多公里的路程，除了营区早上的班车，就只有自己想办法搭摩托车出去转中巴车到县城了。下班时丈夫没回家，很晚了，他才一脸风尘仆仆地敲开了门，原来是去县城给我买节日礼物了：一支靳羽西的口红！自那以后，我一直偏爱这种牌子的口红！

2004 年的 8 月 8 日，我已经在南充晚报当了记者，这天是我的生日。"雪山的海拔太高了，信号一点也不好，我只好走了两个小时，跑到山坳口给你打电话。"这是丈夫在西藏驻训的时候告诉我的一句话。这是我迄今收到的最珍贵的生日礼物。

2007 年的冬天，"我当机长的文件已经下了。"丈夫用不紧不慢的语气轻描淡写地告诉我。我闻讯，先是一呆，继而发愣，接着激动。丈夫当机长了！这中间的道路实在漫长，走过我俩太多平凡而又不平静的日子。"如果你是一只鹰，为什么要心甘情愿做只母鸡在地上觅食呢？"我一直这样对丈夫说。他说：如果在他二十岁那年认识我，那时候就听到我这句话，他现在肯定已经是国际航线上的一名骨干精英了！

2008 年 5 月 12 日地震后的某一天，他给我买回一辆锃亮的蓝色别克旅行车，连车膜都贴得好好的。"他说前面的挡风用最好的材料，免得你晒到！"汽车 4S 店的经理对我说，"嘿嘿，下辈子我也当下女人哈！"

2013 年的夏天，丈夫又飞行去了，远在鄂尔多斯。

"我正坐在沙丘上，看夕阳落山。一直在想：如果你看见这景象，该是多么高兴。"丈夫打电话回来说。我突然想哭，内敛的老公从不会说动听的情话，可是每次他这样一说的时候，我就想哭。"这是盘轻音乐碟子，专门给你买的。"记得有次出游他把碟子塞进汽车音响时，淡然地说道。

今晚，你喝醉了。

也好哈，因为喝醉，你会说出平时不会说的言语。结婚快二十年，你从不说我爱你，实在问急了，就搪塞说："整天把爱放在嘴边的人，其实是最会作秀的人。"但也许女人天生就是感性动物，尤其偏爱情话。

"我现在所做的一切努力，都是希望你能过上更好的生活，都是因为我太在乎你！一个男人最应该珍惜的就是陪他走过苦日子的女人！"现在的丈夫，优秀得令人炫目，让人敬仰，我不知道有多少女人会围绕着他转，但是我为什么始终就这样自信并快乐着？我在想，如果一个女人自走进婚姻的那一刻，就把身边的男人当作生命中最大的一棵麦穗，她会成就自己怎样的人生？

也许是我小时候经历的磨难太多，父亲的早逝让我过早地体味人情世态的炎凉，英年早逝的哥哥也成了我心中永久的记忆和痛苦。上帝给你关上一扇门，必定会为你打开一扇窗。如此，那么丈夫便是上苍赐予给我的吧。

"陪你活到老。"他说。

我只希望上帝的眼睛能看到，也能听到。我只希望历经风雨的洗涤，我和孩子以及丈夫能健康、快乐地生活，足矣！

当你说你每天飞行了几个小时，每个小时能有多少收入的时候，我却在计算着你会为此付出多少努力，有多少健康会被影响！

当你说身为机长，应酬必须要喝酒的时候，我却担心酒精对你的侵害！

一个女人给男人最好的爱，便是家里永远闪亮的灯！

老公，今晚你又喝醉了，可是你说没有人给你蜂蜜水解酒，你渴望看见家里那扇亮着灯光的窗户。

我的泪水一下子奔涌而出。还记得你说的吗？你要在我们的花园里摆两把椅子，然后陪着我一起慢慢变老！

那你多珍惜自己的身体，好不好？！

因为爱着我的爱，所以牵手。上苍让我遇见了世界上最珍惜我的人，我还有什么理由不好好生活？生活于平淡之中，总会有无数的浪花飞溅心海，只愿亲人平安、如意……

禅宗少林

"日出嵩山坳,晨钟惊飞鸟……"每当这清雅的旋律从我的心潮漫过,它便如针尖挑动了我的每一根神经,让我血流如注,痛彻心扉。李连杰的身影和英年早逝的哥哥是那么神似,三十几年了,每当提及电影《少林寺》,我常常情不能自已,泪水滂沱。三十一年前,我和姐姐都还在家乡所在地镇属中学读书,那时候电影《少林寺》已经风靡全国,但是昂贵的电影票让很多人望而却步。因为父亲早逝,哥哥高中毕业后坚决放弃去大学就读的机会,回家接过了母亲抚养一家人的重担。我和姐姐没想到的是,一个周五的早上,哥哥递给我俩两张电影票,那正是李连杰主演的《少林寺》。记得那天下午我上了劳动课,然后我就挑着担子和姐姐一起步行了七公里到区上电影院看电影《少林寺》。

那时那景还依然,可是有着李连杰般英俊面庞和硬朗身体的哥哥却因车祸离开了人世。每次想起那年少脑海中电影里的一草一木、一步一景,我就会想起哥哥的音容笑貌,宛然依旧。2014年的春末,我来到少林寺,我是带着哥哥的英魂吗?我不只是去拜谒它的神秘和雄壮,更牵挂着我心底一种深情的回忆和祭奠。

依循着电影中的镜头,找寻着心底的记忆,翻过山坳,走过小溪,走进山林。少林寺,我来了!哥哥,你又在哪儿?淡淡的香烟袅袅飘绕在古朴苍劲的松柏中,我双手合十,虔诚地朝拜着心灵的圣地。哥,就借我眼中的一草一木、一景一物,完成你未竟的宏愿吧。

眼眸中的山门不似想象中那样高大雄伟,但是历朝历代名人的题词和诗文却丰富了它的内涵和神韵,尤其是唐朝皇帝李世民的手书遗迹让它的风采至今宛然。还远不止这些,五乳峰下的"天下第一名刹"少林寺——汉传佛教的禅宗祖庭,千百年来集萃了大江南北多少英雄男儿来此倾洒一生的豪气和热血?谁人不知天下功夫出少林,少林功夫甲天下?但是又有多少人知道武僧为此付出的辛劳和汗水呢?寺中天王殿外堂的甬道上,一棵虬枝盘曲的

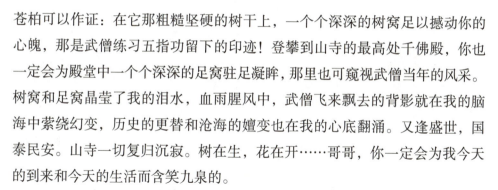

苍柏可以作证：在它那粗糙坚硬的树干上，一个个深深的树窝足以撼动你的心魄，那是武僧练习五指功留下的印迹！登攀到山寺的最高处千佛殿，你也一定会为殿堂中一个个深深的足窝驻足凝眸，那里也可窥视武僧当年的风采。树窝和足窝晶莹了我的泪水，血雨腥风中，武僧飞来飘去的背影就在我的脑海中萦绕幻变，历史的更替和沧海的嬗变也在我的心底翻涌。又逢盛世，国泰民安。山寺一切复归沉寂。树在生，花在开……哥哥，你一定会为我今天的到来和今天的生活而含笑九泉的。

出寺院向西，走进静穆的塔林，这里是历朝历代少林高僧英魂栖息的地方。我虔诚地鞠躬，深深叩拜在一名抗日战争中英勇牺牲的武僧塔前。"少林少林，有多少英雄豪杰都来把你敬仰；少林少林，有多少神奇故事到处把你传扬。精湛的武艺，举世无双……悠久的历史，源远流长……千年的古寺……武术的故乡……天下驰名万古流芳……"我心中反复吟唱着这首歌，我深信它的音律已经飞过嵩山，飞过中原，飞遍了世界的每一个角落。江山代传，英雄辈出。你只有到今天的少林武术馆，方能亲身领略这座名山名寺的真正魅力。只见那一个个英姿飒爽的少年，身似飞燕，又如蛟龙，快如闪电，稳如泰山，何其威武雄壮，何等风采凛然。听着他们琅琅的读书声，我不禁惊叹今天的少林寺在文化意义上早已超脱佛寺建筑艺术本身，它已经以少林功夫的武学国粹为代表，涵盖了禅、意、艺、医的少林文化，成为中华文明的杰出代表和瑰宝。

傍晚，沐浴月色之清辉，在嵩山山坳，静心端坐，参悟原国际奥委会主席罗格的观感名言：《禅宗少林·音乐大典》，能得奥运会金牌！天界月华如水，四围山影淡淡。山之坳，地之中，以天地为幕。在绮丽的灯光中，打坐的僧人、敲钟的沙弥、习武的高僧、浣纱的少女、牧羊的孩童……在四季的轮回中，在人生的参禅过程中，人性、佛性是那么完美地融合在一起，构成了天地中的大美。少林禅宗音乐大典，就像一幅绚丽而精深的画，静静地垂挂在嵩山深处，隐美于斯，令人拜谒。

是夜，我入住少林寺下的禅武大酒店，这也是国际武打明星常下榻的酒店，其中包括功夫巨星成龙等。浓浓的武术文化氛围感染了我，使得我不禁对这片神奇的土地多了一份感动、一丝留恋，不忍归去！

只为途中与你相遇

拉萨诗魂

八月。逐梦青藏高原。

阳光炽热，明晃晃地映照远山近水。山几乎赤裸，肌体皱褶，却袒露出真诚和豪迈之气，让人一眼洞穿。贡嘎机场外，拉萨河波光粼粼，无法言说的清澈透明；九曲回肠，一路有杨柳依依相伴，曳尽高原的浪漫和多情。

我像初生的婴儿，新奇地瞪着眼睛，看雄浑的山、透明的水；看天的蓝、云的白。我像吸吮母亲的乳汁那样，贪婪地享受高原的清风和清凉。蜀地的我，是为着这里的山水而来、蓝天白云而来、神秘文化而来，更是为着一个人而来……想象像蔓生的野草，瞬间疯长在我的脑海：世间有一种思绪，无法用言语形容。谁是那轻轻颤动的百合，在你的清辉下亘古不变；谁有那灼灼热烈的双眸，在你的颔首中攀缘而上……

从读到你第一句诗词的时候，我就分明看见雄伟的布达拉宫中，一个有着水一样心境、柳一样情怀的铮铮铁骨男儿，顶天立地屹立在雪域高原，在时光的长河中，灼灼闪放光华。他灼痛了我的灵魂，每次吟诵那些柔肠百结的诗句，我都会泪光盈盈。我的心常被高原的白云包裹、牵扯着，在这片疆域，与诗歌的原创者对话。看一个诗人裸露的心脏，殷红地泣诉着爱情的悲苦、人世的轮回、天地的大美……

今天，穿过千山万水，我虔诚地来了！

绝恋布达拉宫

八月的西藏，纯净的天空蓝，就像生命一样真实。

我走过山南，走过昌珠寺、桑耶寺，在贡布日山南麓，在雅砻河东岸，在藏族劳动人民的打夯声中，我屏息静心。天空邈远，一碧如洗；浮云朵朵，低眉颔首；山势苍茫，与云相拥，更显神秘。

我走向拉萨。从山南到布达拉宫的旅程是不会寂寞的，沿途有天空逼眼的高原蓝着色，有莽苍的山峰致意，有碧波暗涌的雅鲁藏布江相伴，更有那繁茂的柳树在江畔挥手问候。处处是沙漠和石堆，柳树却迎风而立，长得那么诗意和繁茂，这不免让我惊喜。

我走过的地方，一定有你的印迹。在雅鲁藏布江的涛声中，我在寻找你爱情的旋律。"那一年，我磕长头拥抱尘埃，不为朝佛，只为贴着你的温暖。那一世，我翻遍十万大山，不为修来世，只为路中能与你相遇。"那一年，作别山南的亲人和故土，离开心爱的姑娘仁增旺姆，你走向雄伟的布达拉宫。其间，有多少的不舍和泪滴，又有多少的话语和情感，要表达、要诉求？！遥想当年，在故乡做最后一梦，伫望故乡最后一眼，心中涌上多少爱恋，从此隔山相望，这一别就是一生！拉萨河就是你的泪滴吗？凝望雪山、河源、草原、羊群、玛尼堆、经幡……我无数次想象着你多情而决绝的样子。

我走过八廓街，走过玛吉阿米，走过大昭寺。当我虔诚地走过磕长头的老人或者孩子，在诵经的真言中闭目叩拜时，我心里想着：释迦牟尼原本是觉悟了的智者，希望人间多一些快乐少一些困惑。

我走进了布达拉宫。那一刻，在世界海拔最高的雪山圣域，我仿佛听见了你仰天的呐喊："我是雪域最大的王，我是世间最美的情郎。"刹那间，所有抽象的壁画和影像，所有的故事和传说，都变得具体而生动，都真实立体地呈现在我面前。我想象的画面，便是一个世间最美情郎勾画的：你和一个身材玲珑娇小的女子在一起。她高挽着发髻，裸露着玉臂，系着围裙，虽被烟火呛出了眼泪，却依然执着地淘洗、煎炒、熬煮，想要为她心爱的夫君做一碗羹汤、一餐可口的饭食。我似乎嗅到了米粒的清香。我还听见了你的歌唱声，是怀念故土的，像柳枝一样轻柔，像山南的布谷鸟一样婉转。这，才是一个"王"内心的真实生活天地！

历史和现实交融，在罗布林卡。正是雪顿节，森林里，五颜六色的帐篷搭起来了。男人喝着酒，女人唱着歌，小孩在疯跑，西藏古戏已经上演。戏里戏外，都是人生，而那时，很多的人正从你寝宫的遗物边走过。

定格青海湖

"我一生的最后一眼，便是青海湖。"

八月的青海湖，天光云影，水接天隅；天边有雪峰，近处是草场，脚下碧波荡漾；浪遏飞舟间，不觉清风拂面。倾听广播中一磁性男中音对青海湖美的解读，独独铭记了这句话：六世达赖喇嘛、雪域高原情诗王子仓央嘉措，就消失在神秘的青海湖畔！

仿若闪电划过夜空，我先是一惊，继而忧伤、无奈、痛楚，心灵刹那间留白。那时，我的视野焦距也被无限拉长：别梦依稀，雨雪霏霏。雪山下，海子边，是你吗？在踽踽独行。虽一袭僧袍，却掩不住你英俊的面容，藏不住你对尘世的眷恋向往，飘逸出唐风宋韵的芳香。

你的心本属于这大美天地啊，以山做骨，把水做趣。"在世间，我是最美的情郎。"这是遗留在人间的天籁之音，回响在青海湖湛蓝的天空下；也像无数只湖岸的鸟儿，从没停止过飞翔，从春风到冬雪，从夏阳到秋叶；这更是声声唤归的泣血杜鹃，何处是乡关？何处是故土？心爱的姑娘，你又在哪里？

"谁，执我之手，敛我半世癫狂；谁，吻我之眸，遮我半世流离……"

雪山听见了吗？湖泊回应了吗？草场听见了吗？

执子之手，陪你痴狂千生；

深吻子眸，伴你万世轮回。

问世间情为何物，直教人生死相许。

阿拉善的传奇

八月，我抖落一地的酷暑和湿热，放逐思想和魂灵，像鸟儿，于蜀地，飞翔。向漠北，向高原。

我心向往，在阿拉善。贺兰山是它挺拔的脊梁，无垠的草原、沙漠、戈壁是它宽广的胸怀。长城的风骨剑刺了我的心脏，黄河的波浪翻卷了我的翅膀。是草原上不落的太阳，耀亮了我的双眼，沐浴了我的身体，让我泊航。是你踽踽独行的脚步声，从青海湖走来，从历史深处走来，走进我追梦的脚步里了吗？

天苍苍，野茫茫。在阿拉善，我仰望苍穹，天的蓝、云的白，像草原飘来的蒙古包，裹住了我的心灵；泉流边，格桑花灼灼开放；我呼吸着大地的气息，感受着高原清风送来的凉爽，吸吮着远方牧人奶茶的清香，聆听着沙漠深处的驼铃声声。

"自恐多情损梵行，入山又怕误倾城。世间安得双全法，不负如来不负卿。"只有阿拉善的草原，才能承载你如此宏愿。我固执地相信那些风中的传说不是传说，而是你的归宿。"把至高无上的皇位视如路边小草，踏上了普度众生之路。出走时他头戴包克图式藏帽，脚穿蒙古靴子，随身携带了从不离身的母舍利子——普勒东阿妈和红檀木念珠……此后，仓央嘉措化名为阿旺曲扎嘉措……进入了阿拉善后，仓央嘉措便开始往来于甘肃、青海、四川、西藏等地，辗转诸地传教朝圣。1746年，仓央嘉措在内蒙古阿拉善广宗寺（南寺）坐化，享年64岁。其弟子依嘱在贺兰山修造广宗寺，供奉其灵塔。"

一树一菩提，一步一莲心。我虔诚地走进广泉寺。这里的每一棵树、每一块石头、每一幅岩画、每一个生灵……仿佛都是你的化身。我看见白云在山顶凝望，我看见山峰在白云下沉思，我看见野鹿在岩壁下奔跑，我看见你在那里微笑！

阿拉善的白云笑了，清风歌唱着，小河弹奏着小曲儿，走向远方，流向未来。它们才是高原的主宰者，任凭岁月变迁，风云更替，战火硝烟……坚定地固守着一个民族的历史，倾诉着一段段感人的故事，呈现出深厚的文化根脉。

在它们面前，我的呼吸不由得粗重，我的脚步不由得缓慢。我仿佛变成时光的巨人，而眼前流淌的是一条高原的河流，我想要打捞逝水的华年！是你吗？隐居在大漠和草原的深处，心却是一样的火热，情感是一样的奔放，音调是一样的高亢。

历史的足音渐行渐远。看华灯初上时刻，当晚霞染红天边的蒙古包时，阿拉善流光溢彩。喷泉、音乐、舞蹈、歌唱……高原的文明和文化在这里全新演绎。在中国北方，成吉思汗的故乡，等待着全世界的人们，相遇、相知。

第三辑

巴蜀阆苑

四季升钟湖

春

春风乍起。一道闪电撕裂了我的梦，穿过魑魅的夜空，灵魂在飞升，在飘浮，在游弋。

亘古洪荒，天宇苍茫，世界混沌。水柱倾泻，恣意四淌。

剑门擎天。支一块娲仙五彩的炼石。

衣袂飘飘，古乐声声。一池碧水娴静安卧，一湖瑶池降落远山。一带西水碧波去，蜿蜒八百里，柔情人肠断。诗云："头枕剑门五指山，两臂舒揽江阆南。绿衣鱼腹若屏镜，嘉陵江中洗金莲。"

春眠不觉晓啊。春雨也悄无声息潜入夜，伴着一池碧波，荡漾着我的情感，滋润着我的梦境。

我的灵魂始终萦绕着娲仙山，叠映着那淡淡的山影、朦胧的村庄、如镜的湖面；牵扯着那悠游的鱼儿、嘹亮的歌声、空灵的飞瀑泉音……恁是多情女娲仙，舞动一池春水，引来凤凰翩跹，仙鹤蝶飞。惊觉张天师乘云而至，"鹤鸣观"刹那烟雾缭绕；鲁班师乘兴围"观"，石林瞬间丛生；白蛇娘子抛灵芝，醴峰观中来避难；蚕之始祖螺仙移步盐亭，缫丝仙湖瑶池畔……

春雷惊蛰，声如洪钟。陡然梦醒，原来身处中国四川南部升钟湖。梦境怆然，皆可印证，乃娲仙遗落人间一画布。

环湖而视，临江坪村中，依依杨柳，曼妙嫣然；凤凰岛边烟波浩渺，鸥鹭翻飞，帆船点点，山水相接，共长天一色；湖岸别墅群里桃红李白，油菜花正金黄；娲仙山上春草蓬生，树木郁郁苍苍，间有流泉飞瀑与落红，滴翠空谷，余音绕梁……

更有那布谷鸟儿声声啼，呼唤着游子，呼唤着远方。

夏

你若安好，便是晴天。

酷暑狞笑着，晒蔫了行道树，烤化了柏油路，炙热了水泥楼，风干了城市哪怕一缕阴凉的念想。

我在逃离，向南部，朝远山，奔湖泊。呵呵，一路知鸟相告："知道了，知道了！"

归去来兮。

湖之夏是一块深绿的调色板，汪出丝丝沁人心脾的凉意，和着吹送的微风，弥漫了山岗和林丛，弥散至这一方的每一个角落和土地，丰盈着人的诗情和画意。其时，我正静静伫依酒店一隅，远离了城市的喧嚣与尘埃，看蓝天云卷云舒，看山林青黛不语，看湖中舟楫自横……

掬一捧清澈的湖水，我听见了鱼儿奔跑的足音、稻麦拔节的声迹、莲花盛开的旋律、瓜果弹奏的乐曲；抿一口甘甜的湖水，我看见了炊烟升起的房舍、农人锄禾的剪影、情侣对唱的笑脸、孩子成长的背脊……

然而，"你"在哪儿？

还依稀记得春日的那个梦境，我的灵魂飞过高高的娲仙山，飞过雄峻的仙湖大坝，幻化成一尾精怪的小鱼儿，栖息在湖心。

湖中积淀着一个彩虹色的梦！问渠哪得清如许？远古的仙子们幻变成一个个有血有肉的铁血男儿，久远的传说也被现实的故事替代。升钟水库——中国西南最大的人工淡水湖，是由这些建设者的血汗凝聚而成的。他们有的背井离乡，逝后也安葬于此，守望着青山绿水，护佑着人们。

江山代有才人出。湖波微澜，便是证言。

秋

湖岸调色板绘得五彩斑斓，丰收在即。稻禾笑弯腰，山果垂满枝，枫叶正红。

几尾小鱼儿跃出水面，瞟一眼盛景，便极速潜回传递讯息。湖边热闹起来。

"升钟湖，鱼天堂，水故乡！"南充著名诗人瘦西鸿言。

一顶帐篷，一根钓竿，一个干粮袋，一个痴迷的钓鱼者，一帧浓淡相宜的水墨画。

无论春风秋雨，不管酷阳冬雪。秋天更胜。翻越千山万水，奔袭而来。支帐篷、撒钓饵、抛鱼竿……八万余亩的湖面，神秘似海。红尾、翘嘴、银鱼在畅游，鹭鸟在翻飞，野鸭在戏水；远处有人家，近处是野渡。为钓鱼，也为放飞心情。

一个个钓位，一句句优美的诗，等待钟情的人来填写。

水之趣在渔。

升钟湖"渔"趣享誉世界。

2009 年，首届中国升钟湖钓鱼大奖赛拉开帷幕。忽如一夜春风来，仙湖像一本摊开的诗集，鱼儿们便是那点睛的笔，牵扯了 2011 年 20 多个国家和地区、共 400 多支代表队的目光，新华章谱写，南部县欣然摘取国家体育总局命名的"全国钓鱼城"称号。

四海会嘉宾，同钓升钟湖。每年 9 月，相约钓鱼城。

冬

雪晶莹了远山，封藏了三秋的美，积蓄着能量和体力。

湖内敛含蓄着，沉寂不语。偶把袅袅升起的体热，融进雾岚，独自呢喃。

拨开冬霭，露出一张激情的脸。

嫘祖远行，心魂犹在。轻柔的丝绸，飘绕着仙湖，锁住了情感，丰富了念想，牵绊了脚步。

那脸愈来愈清晰，红得发亮，像熊熊火把，点燃了冬雪。

歌唱起来了，酒喝起来了，脚步舞起来了。

花灯在旋转，皮影在跳跃……剪纸和根雕也鲜活起来，呼吸着鱼儿送来的风，似飞仙，如西子，沉醉在诗画音情的天地里。

一种叫"傩戏"的民间文化，成了一根晶亮的丝，衔接了湖的历史和今天，传播了湖的风华和内涵。

我走过湖的春秋和冬夏，在山之涯、水之央，静默深思：那些关于神仙的故事和传说渐行渐远，而那些英杰豪俊的倾洒和付出，才是丰富我们情怀的精神和核心。由此，这清澈的湖水、浩渺的烟波、星罗棋布的岛屿、翠绿的青山和丰富的人文，如同一位明眸皓齿的女子，怀抱古琴，袅袅婷婷，弹唱着她们的写照，攫住我的心怀。

百福寺断想

百福寺位于四川省南充市的西充县。西充是三国时期著名大将纪信的故里，自古有"忠义之乡"的美誉，也是民主革命家张澜先生诞生之地，如今是三国文化之旅的重要点位，而百福寺也应是古蜀道的一个驿站。

现百福寺仅留存下几间旧房子，背山靠水，沧桑寂寥。只有寺前的几树古柏，支撑着庙宇的厚重和底蕴。那盘曲的根、遒劲的枝丫、粗壮的树干，与剑门蜀道的张飞柏并无二致，任凭山风呼啸，彰显"我自岿然不动"的豪迈和大气。这凝聚沧桑和厚重感的树干和树根，不知道承载过西充历代多少人的梦想和希冀，如今它们伫望着眼前的山和水，只能静默，或许心底正无言地诉说着眼底心里的一切。庙宇周围是菜地，但见一个太婆劳作的剪影，在阳光的辉照下被拉得很长很长。朝晖也映照着凋敝的庙宇，使它倍显孤独和寂寥。

庙宇应当是辉煌过的，从那至今保存完好的碑刻和门楣可以看出。它当年也一定是香火兴旺的，清晨听着蜀道踏踏的马蹄声醒来，夜晚听着赶路人的鼾声入眠。那山那水给予它坚实的依靠和给养。那水应当是西水，为嘉陵江最大的支流，承载着西充一代代人的梦想和追求，潺潺而去。那山清秀逶迤，不见得绵长，却蓊蓊郁郁，也应该是一座心中装满故事的山。

果然，我们出得庙宇，顺着山道上山，发现一道古寨城墙，心里高兴了许多，仿佛昨天的人和事就要浮现在眼前。钻进古寨门，在清幽的石径上前行，有丝丝寒意袭上身来，令人怀疑是不是走进了山的历史和故事里。那时那刻，面对山、水和庙宇、古柏树，是可以自由想象的，心底便滋生一种莫名的兴奋和激动。

松树站满山岗，身姿笔挺，宛如威武的战士，即使有白云在上空飘荡，有人家在竹林深处炊爨，它们也依然意志坚定，不受外界干扰，坚守自己的岗位。崖壁上，春天的山花怒放着，在林间深处灿烂着自己的生命旅程，根本不在意是不是有人鼓掌，是不是有人歌唱和欢呼。山林中那户人家很是独特，吊床、水缸、菜地、炊烟……无论魏晋，自在逍遥，仿佛与世隔绝，又仿佛要把房子化作林中的分子和元素，融进远山。

　　恍惚间，突然觉得远离都市的山林是幸福的、白云是自由的、人家是洒脱的。不知道从什么时候起，城市的钢筋水泥林裹满各种欲望，像蜘蛛吐出丝，又把我们的欲望一层层包围、一圈圈缠绕。而我们，其实就是那困在茧丝里的蛹，渴望着挣脱，挣脱后却并未像高飞的蝴蝶，生命在一刹那间，就湮灭了。

　　这样想着，有些伤悲，有些无奈……站在山顶，我久久望着白云、崖壁、松树、竹林、人家、庙宇、古树、河水……便愈发珍惜眼前的一切，不愿意走出这山林、这人家，只想和它们相拥，只想这一刻永远。

纪信故里行

　　我的心里一直装着一间草房子、一块青草地、一条小溪流……是它们让我的心灵停放和安稳，从故乡到他乡，从梦境到现实，从高地到平原，从丘壑到丛林……西充是这样一个地方！蜀地之北，南充西南，无论春秋，不论冬夏，经年花开，绿意盎然。

　　二月，张澜故居，梅花弄影。"疏影横斜水清浅，暗香浮动月黄昏。"家乡重庆晚报采风团的作家们一进梅园，便欢呼不已。凌寒独自开的各种梅，或白或红，傲视山野。遥想十余年前随丈夫定居南充，身为《南充晚报》的一名记者，曾拜谒先生故里，路窄、坡陡，山长水远，感叹着张澜走出的不易。再次造访于两年前，我已调至南充市旅游局工作，故居道路宽阔，屋舍俨然，修葺一新，已荣升国家4A级景区，我心里颇为自豪。此次随家乡人走近它，融入了亲情和乡情，怦然心动。梅影绰约，风骨傲然；碧水微澜，莲叶田田；山势清奇，荡胸层云。花无语，山无言，却只等一人！先生一生钟情梅花，晚年情寄《梦南溪口山庄竹盛长》，梦回故里。但其一生为民主事业奔走呼号，竟未成。在他140周年诞辰之际，故居27亩各色梅花盛开，终遂心愿。毛泽东言："表老者，天下之大老也！"然大老"表里如一，方正做人"。这方方正正几个大字，今在故居表方广场碑柱上熠熠闪光，映照着前面的玉带河，也顺势融进了嘉陵江。西充人的精神和魂灵，就这样被带到了远方！

　　第二站，古楼村。漫山遍野的桃林，蓄势待发。虽然花还未开，但是作家们异口同声的话温暖了彼此的情怀：我们可以想象它们盛开的样子！古楼顾名思义，必定是有故事的村落，我们也可以想象，或许三国的烽烟曾弥漫，张献忠的铁骑曾踏过？因为历史上的充国从不缺乏故事——公元前204年，汉王刘邦被项羽围困在荥阳城中，汉大将军纪信"舍身救主"。后来，刘邦在纪信家乡置"安汉县"，赐"充国"。充国传承着久远的历史文明，诠释着源远的华夏精神，刀耕火种，蚕桑渔麻。虽然距南充咫尺之远，却保有古代汉语入声字的独特方言。充国出产红苕，又称"苕国"，此苕并非寻常，已被列为国家保护品种。今天的充国更像一名少女，身着"中国有机生态县"的锦缎，手持彩练当空舞。其中最有代表性的便是古楼村一年一度的桃花节了。我几乎每年都会来这里。桃花开了，千朵万朵压枝低。它们兴高采烈，像一个个精灵，风儿吹过，每一个花神都会颤动，让我情难自已。而曲径通幽处，有茅舍、池塘；有小溪流、青草地……每当此时，我都会屏息静气，这难道就是我心之栖息地吗？

双龙桥的夜晚最迷人，那就在这儿美美地住一晚吧。作家们走进它已是傍黑，油菜花开得很茂盛了，不再低眉颔首，和羞走；而是以热烈的态势，舒展着风姿，恣意地行走，抒写着中国西部最美山村的故事和传奇。双龙桥的水很清冽，倒映着层叠的乡村小别墅，以及那山、那树，还滋养着这一大片沃土。空气中有玫瑰的芳香、鸟儿晚归的鸣叫……农民在自家别墅前掐菜，他们分明是在大地上作画，正托起生活的调色板呢！行走在岸上，嗅着淡淡的青草味，听着汩汩的泉流声，我常常怀疑自己是不是走进了画里。这里还是国际微电影拍摄基地，那么我们就是片中人了吗？那天晚上，来自山城的作家们惊喜不已，觉得找到了隐秘的世外桃源。而我再次推开印象田园酒店的窗户，在影影绰绰的红灯笼中不禁迷醉，不知道是在天上，还是在人间。

天上取样人间织。孟春，太阳却炽热。我们兴致勃勃地走进春天的花海。情之所至，重庆作协名誉主席黄济人挥毫泼墨：花样西充！爱情孕育的季节，浓郁的情感也氤氲在中国义兴百科有机生态公园的每一个角落。金色的虞美人一大片、一大片，情侣依偎在花海中，白色的婚纱衬托着瓦房山的田园。孩子们也来了，在池塘里兴奋地捉泥鳅呢；老人们坐在条石凳上，对着熟悉的磨坊唠嗑。这是乡愁凝聚的地方，也是舌尖争夺之地：价格不菲的牛奶猪肉和葵花鸡蛋等有机生态食品，足以让味蕾产生永久眷恋。

回转晋城，纪信广场，莲花湖畔。魏明伦的纪信广场赋，一字一真情，也写尽了西充的内涵和精神。几年前，我曾经带领央视《走遍中国》栏目组寻访西充的人文经典，后来川北灯戏进入了导演的视野，川北灯戏被列入首批国家级非物质文化遗产名录，融合了歌舞、皮影表演等。后来该栏目以《高手在民间》为题播出了西充人演绎的精彩片段。今天，我久久地注视着高大的石碑，想起了南充西山上屹立的开汉广场，北湖边凝神思索的张澜先生塑像，那是南充的地标和名片。花样的西充，应该是勤劳、守信、诚实的西充人培植出的一朵永不凋谢的花朵。

　　回到家，我把心里想到的美，变成眼前实实在在的风景；我把西充无限的风景，依循内心的指引，化作汩汩流淌的文字泉流，让它们美成我心中的一个花园：有一间草房子、一块青草地、一条小溪流……永驻心间，他乡即故乡！

杨家河之春

春水长。

假若我是一只鸟，从空中俯瞰大地，或者在一个四面环山三面环水的城郭翱翔，在形似太极图的阆中古城仰望，就会看见更远的地方，有一片绿，在闪光。

那是杨家河，它是嘉陵江的一个女儿，是阆中古城的一条血管，是川北大地的一个隐秘之地。

杨家河隐秘地躲在青山峻岭中。山那边就是武皇故里，或许是从大唐的盛世而来，含着与生俱来的高贵与典雅，不带一丝杂质，有玉石般的声音，有玉石般的质地，不紧不慢从容地流进嘉陵江。

它一路缓缓而下，不露声色地静和柔，宛如蚕丝，包裹了灵魂，侵入骨髓。

"天晴风卷幔，草碧水连池"，碧水微澜。河岸是垂绿的柳丝，是柳丝先撩拨了春风，才有各种花儿的香味袭来，吸引了来者；是渔人的钓竿搅动了春水，才有两岸的青山，把清亮的倒影，染成画面；是游人摇动的桨橹，响起了江南水乡的欸乃声，才惊醒了自由游弋的鱼儿，想要跃出水面，看看外面的世界；是鱼儿懵懂的双眼，才吸引了半空的飞鸟，一个斜翅掠过水面……乌篷船摇摇晃晃，泛起了小河的春潮。

快看，那三三两两的游人，正沿着杨家河寻芳问踪。且走且停，寻一处养眼的地方，采几把野花，大人小孩前呼后拥，转过一片茂密的树林，循着溪边青草丛生的小径，一会儿就不见了人影。

"有径金沙软，无人碧草芳"，这是小村的码头吗？它卧在一棵遒劲古老的大榕树下，悠悠然欣赏着眼前的春景。村妇们在洗衣服，她们欢声笑语，不停甩动着手里的木棒，敲打着衣服，水花飞溅的快乐融入河水中。

石磨蹲在河边，不言不语，守候了很多年，守着这里的山和水，还有茅草房的主人。却不料哪天河里突然有了乌篷船，有了竹筏，有了风景区的标签。

河边的路变宽了，变成公路了，直通通朝着山外去了。河边的人突然多了起来，他们穿着很时髦，开着小轿车，走进这个隐蔽之地。很多人就围在它身边，看它怎样转动，怎样把洁白的豆浆从心里流出来。

喝了豆浆的人心满意足，这时候，铿锵的锣鼓响起来了。"咿呀呀呀"，随着一声唱腔，一种叫川北灯戏的地方戏开始登场。每个演员都是村民，仿佛捧着祖先的宝贝，便要传承下来，便要尽情演绎，要奉献给客人，奉献给远方。

看完了戏，有人小心翼翼地坐船过河，直奔对岸的芳草地。有人仔细搜寻着绿原的野菜，见到目标就毫不犹豫地下手。有人高兴坏了，原来是孩子们在捉迷藏，在林子里钻来钻去的。

脚下的绿原地上，遍布着蒲公英和荠菜等。这里土质肥沃，充足的营养把花草养得丰润可人。茂盛的树叶绿得快要滴出油来，它们蓬勃地生长着，生怕辜负这一湾水的柔情。

古码头静默无言。它卧于大榕树下，仔细打量着男人们垂钓、村妇们捣衣、孩子们戏水，野草们疯长。倒是水鸟们翩然的清影和激情的欢叫，谱写成舞曲，惊醒了春天的河流。

一路下来，码头沧桑依然，但场上的故事却不再是那年那月的事儿。来这里坐竹筏的游客不少，村民杨正荣正在景区维修竹筏，他曾经是个贫困户，如今在景区务工，每个月有 1200 元左右的稳定收入，顺利脱了贫。古渡口，老人常常凝望这片水域，河上修了桥，孩子们也都在城里安家立业，可他和老伴仍旧守护着青砖瓦房的家园，以及这条河流的过去和记忆。

江与河的衔接处——南津关古镇，一台世界首创的大型移动实景剧《阆苑仙境》正在上演。置身古街，门楣边、廊檐下、屋顶上、嘉陵江中，绮丽的灯光变幻莫测，着古装的少男少女或劳作，或歌舞，或诵读……春节文化、蚕桑文化、三国文化、风水建筑文化……就在一步一换中，时间和空间跨越，演者与观者交融；阆中的思想和灵魂，丰满生动地呈现在世人面前。

一步一换，边走边想，脑海中不禁出现这样的画面和场景：溯河而上，就是杨家河。它距阆中古城仅 15 公里，叫枣碧乡杨家河景区，素有"阆中小九寨"的美誉，可以乘竹筏、坐乌篷船、划橡皮艇漂流……走进农耕文化展示区，可以参与古法榨油、石碾碾米、石磨磨面、稻田捉鱼、人工打夯等农事体验活动。在这里，游客还能观看川北牛灯竹马等表演……

这样想着，耳畔就传来"力拔山兮气盖世"的歌声，那是大力士在进行农事比赛，间杂着此起彼伏的打夯歌。在这里，重温着孩童时代的农村"五匠"展示，体会着父辈辛劳的"打草鞋"场面，看心灵手巧的"绣娘"刺绣，分明是探看了杨家河的心脏，解开了它的隐秘。

曾经，杨家河身上满是伤痕。杨家河村曾是一个省级贫困村，但今天村里有能力工作的贫困户都在景区务工，一些有经营能力的村民还开起了农家乐，富裕的人们便用歌舞的形式，表达自己的喜悦和激情。

"现在我们村子变化太大了，我们这些老年人也能在家门口挣到钱，日子越过越好了。"舞台下，杨正荣十分开心地笑了。

在江与河的交汇处，在时间和空间融合的地方，在一台实景演出之地，谁都有理由相信，这些场景和画面，是真实的，而不是舞台布置，古城可作证。

生命在歌唱

永远的下中坝

下中坝其实是嘉陵江上的一个半岛，位于南充市顺庆区清泉寺山下。清泉寺是南充市香火最盛的寺庙，每到农历初一、十五，人声鼎沸，人头攒动。那当儿，总有人喜欢爬到寺庙阁楼的最高处俯瞰江面，从空中看尽下中坝的美。那时候，下中坝就像一个小家碧玉，含羞带怯，展露风姿。

我不满足于每次爬上阁楼高处看下中坝的美，于是找了一个风和日丽的晴天，带上家人，开着车，绕到寺庙后院，下得山间小道，穿过丛林，一路寻芳问踪。且走且停，寻一处养眼的地方，把车停稳后，大人小孩前呼后拥，穿过一片茂密的树林，循着溪边青草丛生的小径而去。

当烟波弥漫绸缎般的江河，远处的山，水墨般点画着近处的小镇，还有帆船和点点人影呈现在我们眼前时，大家都欢呼雀跃起来：天啦！这么美。

最美丽的还是那江中的小岛，宛若伊人凝眸颔首，在水一方。那一幢幢红墙青瓦的小楼，那一丛丛苍翠黛绿的竹林，那一片片迎风婆娑起舞的芭蕉丛，以及那一畦畦绿油油的萝卜和丝带般绕系的林中小径……这一幅丹青水墨画，无限风情地抛过来，直逼每个人的心底。

这是小岛的码头吗？它蹲在一棵遒劲古老的大榕树下，悠悠然欣赏着眼前的春景。村妇们在洗衣服，欢声笑语，不停甩动着手里的木棒，敲打着衣服，水花飞溅的快乐融入河水中。河边，一个个城里来的钓友虽然着装笔挺，却在岸边上蹿下跳，虽然钓竿精良，但无鱼儿上钩也欢乐得不得了，这哪里是在垂钓，分明是在河边晒心情嘛！

我们小心翼翼地跨上栈桥，直奔对岸的芳草地。我和弟媳仔细搜寻着绿原的野菜，见到目标就果断下手。女儿高兴坏了，她和表哥表妹们捉迷藏，在林子里钻来钻去的。一声惊呼传来，女儿应声而去，并将情报送回：爸爸和二爸找到了一丛芦苇荡，有小鱼飞跃，两个人在钓鱼呢！突然，孩子们又惊喜地发现芦苇荡边居然停放着一叶小舟，侄儿试探着想上去，不承想脚下一阵晃荡，吓得他脸色惨白。

脚下的绿原地上，遍布着蒲公英和荠菜等。这里土质肥沃，充足的营养把花草养得丰润可人。茂盛的树叶绿得快要滴出油来，它们蓬勃地生长着，生怕辜负这一湾水的柔情。时近中午，岛上一户人家有炊烟袅袅升起，我欢跑过去，却惊起几只大鸟，从空旷的地里飞起，又扑棱着翅膀飞到林子那边去了。

我朝着鸟儿飞远的地方跑去，却到了一户庄户人家。庄户人家正在往外搬东西，脸上满是忧伤和不舍的表情。原来下中坝马上要打造成一个江中公园，人们都要往外迁移呢。对岸的一栋栋新楼房，便是他们的新家。"也好，住进对面的新房子，再也不担心涨洪水了。"女主人笑吟吟地对我说。嘉陵江平时温顺得像只绵羊，可是每到洪水泛滥季，岛上便是汪洋一片，房子都要被淹好深。看着人们喜悦的表情，我的心底终究还是高兴了。

返程时，我小心翼翼捧回构溪河边的两株野花，我想把下中坝的美移栽到我的家里，也种植进我的心里，让花香飘逸在我的梦里。

相如故里：太阳岛和月亮岛的深情

太阳岛和月亮岛，是同一个妈妈的女儿，妈妈的名字叫嘉陵江。

嘉陵江水从陕西秦岭涓涓淌出，一路蜿蜒逶迤而来，至此徘徊踟躇，欲走还绕，把一段秀美的身姿留在四川南充蓬安，供人景仰。嘉陵江上太阳和月亮两个岛屿，就位于司马相如故里和周敦颐大师曾经讲学的地方——蓬安的周子古镇边。

周子古镇又名"嘉陵第一桑梓"。轻轻柔柔，依山而建，绕江而过，像极了一个撑着油纸伞穿过雨巷散发些许芬芳的丁香姑娘，又宛如一帧淡淡的水墨画，静静地垂挂在那里，不言不语，只把那高低错落的瓦檐、飞檐翘角的阁楼、凹凸有致的青石板街道、浣衣女和渔夫们穿行不止的古老码头，和那绿如蓝的江水、水波不兴中的帆船点点等等摄人心魂的美深入你的骨髓，在《凤求凰》的浅吟低唱中，在古镇皂荚树和榕树水乳交融的夫妻树旁，你看那根，紧握在地上；那叶，相触在云里，你有没有迷醉在嘉陵江畔的这片水乡里呢？

周子古镇的美食吸引人们眼球的同时，也极大地满足了他们的胃。姚麻花、热锅盔……慢慢品尝，细细观看，古镇更像一个小家碧玉，掩纱含翠，只在青色的石板街面和褐色的木头屋檐一角，或在打铁人晶莹的汗珠里，露出些许的古街风情和别样的韵致来。难怪周敦颐会在此沉静下来，著书讲学。在濂溪祠，荷花虽然已然过了怒放的季节，荷韵却在春天的荷塘里隐隐约约露出风姿。我想起了央视《走遍中国》栏目组温普庆导演说过的话："我只想搬一把竹椅子，坐在周子古镇的财神楼下，看江水缓缓东去，看野鸟翩飞，看渔舟驶过……"这是多么动人的家园画面！

哦，还不止这古镇勾人摄魄的美。顺江而下，岸边江花红胜火，那是正开得如火如荼的杜鹃花；一叶帆船过，惊醒小鱼跃出江水的同时，也把浪漫安逸的闲情逸致留在古镇人的心怀，逗引小孩们欢呼着、雀跃着扑进她的怀抱。

江对岸的湿地公园郁郁青青，用逼眼的绿一年四季涂抹着古镇的画色；那里没有高大的乔木林哗众取宠，只有矮矮的灌木丛，在温柔的春风轻抚和呢喃中，却也婆娑出一路的风景和风情来。难怪唐代画圣吴道子会迷恋此地，那时我的眼前顿时幻化出一幅古风古韵的画面来：一袭白衣素裳的画圣神情淡定自若，伫立于古镇之巅，就在一挥毫一泼墨间，早有嘉陵三百里风光图惊现世人面前。

行之不远，渐渐地，你就会迷离自己的眼神。看那江水缓缓东流，如练如绸。情至深处，它竟然在当中系了两个美丽的结，一个像月亮，一个像太阳。这个结是那样圆满而深情，太阳轻吻着月亮的发丝，月亮还太阳一份永恒的爱情，它们就这样相拥而眠，日日夜夜，从远古走来，走到今天，被人们称为太阳岛和月亮岛。结之深处，是青青的草和浅浅的水湾，这里是适合丰富诗人和文学家想象的地方，可以撑一支长篙，向更深处漫溯吗？水之上，春天的鸭们和鸥们兴奋极了，它们忽而浅翔低唱，忽而绕颈轻语，羽翼下抖落一春的风情，牵扯着岸边人的思绪。

牛们怎能不羡慕这一幕无限的春光？于是，在清晨雾岚袅升时，四面八方的牛们一路踏芳而来，聚集在岸边相如镇一个叫油坊沟村的沟谷里，只待朝阳喷薄而出的那一刻，只待头牛的一声号令，宛如疆场的战士，喷发出周身的热血和激情，冲破江水的围困，一路披荆斩棘，一路高奏凯歌，奋勇向前，直抵江中的太阳岛和月亮岛。

太阳岛和月亮岛被深深震撼，它们快乐地歌唱起来，以更加广阔的胸襟接纳牛们的到来。于是，蓝天里，白云下，在四川蓬安，在一个叫周子古镇的地方，在一个关于太阳和月亮的爱情故事中，在一片青青的芳草地中，牛们在悠闲地踱步，鸟们在谈情说爱，白鹭们在翩翩飞翔……这里就是中国最浪漫的休闲家园。朝朝暮暮，我期待着踏上那片芳草地。而当我今天有幸踏上那片青草地的一瞬间，我忽然张开双臂：我来了，你，在哪儿？

春到阆中

《中国国家地理》曾经对四川省南充市的阆中风水做过这样的描述："千水成垣，天造地设。"山形如高门，因名阆山；嘉陵江流经阆山下，因名阆水；城在阆山阆水之中，故名阆中。

春水长。风从远方吹来，激灵了阆中的身体。那里的山、水、古镇和城，以及萦绕在其间的故事和情节，本就是它有血有肉的肌体，还有灵魂。最先颤动的是水，一如阆中的血管和脉搏。嘉陵江拥着它的心脏，其支流构溪河亲吻着它的肌肤和发丝。首先是水，水滋养了这片传说中人祖母亲华胥居住的地方（当初华胥在阆中南池边孕育生下伏羲，文字记载见于《路史》："太昊伏羲氏……母华胥，居于华胥之渚。"后伏羲降生之地名阆中凫慈乡），让它永远像春天的女儿，微笑并灿烂着。

源于武皇故里广元的构溪河，从苍溪一路奔流而下。一湾碧水微澜。陈家滩上，是垂绿的柳丝，是渔人的拦网，是摇动的桨橹，是跃起的小鱼，是惊飞的水鸟，是青黛的山影……泛起了国家湿地公园构溪河的春潮。当年杜甫也不禁情动于此。"天青风卷幔，草碧水通池。""有径金沙软，无人碧草芳。"

烟波弥漫，帆船点点，河如练绸，水乳交融。树，水墨般点画着古镇；古镇，宛若伊人，凝眸颔首，在水一方；木楼，隐一片竹林后，藏一丛芭蕉间，被一畦菜地赋予生机，被一条小径缠绕四围……好一幅丹青水墨画，无限风情地抛过来，直逼每个人心底。

古码头静默无言。它卧于大榕树下，仔细打量着男人们垂钓、村妇们捣衣、孩子们戏水、野草们疯长。倒是中国的鹭鸟天堂——三岔河三万多只白鹭与苍鹭翩然的清影和激情的欢叫，谱写成舞曲，惊醒了春天的河流。霎时，叶在摇曳，花在开放，彼此竞艳生姿，生怕辜负这一湾水的柔情。

山魂

阆中素有"嘉陵第一江山"之誉。那山为锦屏，山如其名，似一带屏风驻守千年，也像这片土地上战死疆场的勇士们，挡住了风雨，倾尽了物华，今汉桓侯祠张飞的无首尸身墓，不就是猛将镇守古城三年的见证和传奇吗？春至，锦屏山花开，红的海棠、白的玉兰、紫的木槿……山与水、花与树，相映成趣，宛如画廊，难怪唐代画圣吴道子的三百里《嘉陵江山图》以锦屏山为轴心。除此外，东山园林、滕王阁等阆苑名胜环列锦屏。历代的文人墨客莫不感怀于此，杜甫言"阆中胜事可肠断，阆州城南天下稀"；苏轼誉"阆苑千葩映玉寰，人间只有此花新"……

从海棠溪拾级而上，但见"嘉陵第一江山"巨碑屹立于"阆风之苑"亭阁。过碑林，进杜少陵祠堂、放翁祠、纯阳洞、飞仙阁……少陵握笔凝神、放翁目光如炬、吕洞宾飘逸洒脱……于飞仙阁伫望，崖下藏飞仙洞，山环水绕着古城，奇异的想象不禁像江河、像云霞、像骏马……踏烟而来，顿感祥云在天地间袅娜升腾，八仙正谈笑生风，不由得眼神迷离。

我仰望着灿烂的文化星空，在历史和现代中交融。

作为四川首批历史名人，四川博物馆和新近落成的南充市博物馆，落下阆的丰功伟绩被这样概括：

他在天文学、数学、农学上造诣深厚，一系列开创性的成就丰富了中国历史的内涵。

他制造出浑天仪考历度，验七曜，又造浑天象即天球仪，标明星象位置。他的浑天说是世界上最早以地球为中心的先进宇宙结构理论。而"通其率"则成为后世天算家简化分数数据的重要方法，亦是处理周期现象中一次同余问题的有力工具。

他负责新历《太初历》的运算工作，该历法首次采用连分数推算历法，较西欧早1600余年，成为我国历法史上第一部较系统、成体系的历法。他在实测基础上，改革了不合理的岁首制度，改定为从孟春正月为岁首，"春节"由此而来，故百姓亲切地称他为"春节老人"，南充阆中也被誉为"中国春节文化之乡"。

第三辑

巴蜀阆苑

他将二十四节气纳入历法，明确了一年中播种、收获的时间，以及预测雨水的多少及霜期的长短，春种、夏忙、秋收、冬藏，农民们可依此规律有序地安排农事。

《太初历》问世，福泽后人，中国人据此春播秋收，其乐融融，而落下闳却辞官归隐故里，被乡亲们誉为"春节老人"。至今，每年岁首，阆中人焚香设酒祭拜的第一个人就是他；且在他当年观测天象的地方修建"观星楼"和铸造青铜塑像以作纪念。春回大地，万物始生，嘉陵江潮起……凭依观星楼，凝眸注视这位两千多年前的智者，那瘦削的身形、清癯的面容、深邃的目光，依然感动着阆中，感动着中国……

城丰

一场春雨后，踩着漆黑铮亮的木质楼梯，登临古城原点的中天楼，我仿佛感受到古城强有力的呼吸和脉搏。这源于它 2300 年的建城史，战国的巴国别都，公元前 314 年置的阆中县，历代王朝于此设的郡、州、府、道、治所……透过精雕细琢的户牖，极目远眺，江水浩渺，碧波暗涌；舟楫渔歌，青山对峙，真是三面江光抱城郭，四围山势锁烟霞，好一个阆苑仙境！

俯瞰，古城黎青色，紧偎一片灰白色高楼，极像一个天然太极图，占尽天时与地利！它又骄傲地以古代巴国蜀国军事重镇的恢宏气势，把棋盘式的古城格局，成"半珠式"、"品"字形、"多"字形等南北风格迥异的建筑群体呈现于我们面前。看那古城的檐顶一字排开去，像鲫鱼脊背有力而雄壮地叠加，我不禁随着它的脉动而颤动。

下中天楼，穿门廊，踏过青石板街道、绿青苔街沿，走过贡院，领略巴渝舞和巴象鼓的风情，品味"阆中三绝"张飞牛肉、保宁蒸馍和保宁醋的美味，摸一摸延续千年的人工缫蚕丝……我是打开了一本泛黄的诗集吗？应和着《阆中之恋》的歌词：天地合欢的神奇，天人合一的美丽；告诉你这千年古城不老的秘密，青龙白虎相伴左右，朱雀玄武福佑前后，嘉陵梦绕渔火晚舟，一壶老酒涛声依旧，好汉张飞在等候！

"秦砖汉瓦魂，唐宋格局明清貌；京院苏园韵，渝川灵性巴阆风。"古城的内蕴和情感，是通过风格迥异的一个个院落来抒发的。最先报春的是中

087

天楼下的张家小院，一株火红的海棠树从天井中央探出头，呼唤着钟情于它的人（近几年春天，一位加拿大的小伙子都如期前来品茶、赏花、寻幽）。汉桓侯祠边，胡家小院的翠竹又开始抽芽，院子里铡刀起起落落中，又一服良草药备好，此乃医药世家，有"妙手回春"之锦挂于堂前。才过贡院，杜家大院迎亲唢呐吹响，一场川北民俗的盛宴开始，道琴声声入耳，被绣球抛中的新郎羞赧上台，至今，大院已经入赘了世界各地的几百名"女婿"。你方唱罢我登台，江边王家大院皮影和剪纸开始舞动，而于此拍摄的《桐籽花开》等影视剧，让院落独具特色的窗花、廊檐、回廊等名闻天下，阆中的风土人情、物事风貌也为更多人知晓……

又是一年桐花开。春风、春雨，古城无处不飞花。这山、这水、这城，早已幻化成阆苑仙葩，飞入寻常百姓家！

过剑门

提起广元剑门关，就联想到唐代大诗人李白笔下的古蜀道。那一夫当关万夫莫开的天下第一关的雄伟与壮丽，那蜀道之难，难于上青天的气魄与神奇，多少年来就这样一直在我的脑海里变幻和萦绕。我多么想追寻着李白的足迹，走进辽远的三国，走过沧桑的历史，走近大唐的魂魄。

我曾经去过李白故里江油，远上窦团山，领略剑门蜀道盘旋入天关的伟岸，也体验过"樵夫与耕者，出入画屏中"的神奇；我也去过绵阳梓潼七曲山大庙，看见庙门前公路边"翠云廊"几个苍劲有力的大字而神往；我走过阆中老观古镇上的古粮仓栈道，我追寻过巴山米仓古道的遗迹，我的文章和魂魄里就差那最动人、最神奇、最雄伟的古蜀道翠云廊和一关天下雄的剑门关来书写蜀地的大气与豪迈了。

广元旅游局的朋友们，一切都联系妥当后，我们车队于初三上午浩浩荡荡开进雄关天下。

久居盆地的感觉实在压抑，随着旅途两边的高山越来越险峻和突兀，心底的窃喜和激荡感觉越来越跳跃出胸怀，这怕是就要跳出盆子底部了？嘿嘿嘿嘿。一行人行进到剑阁县，停马打住休整，找了一清凉河边的餐馆，到一个地方如果不品尝当地的美食，那就不是真正的旅行。我们只喊那店家把当

地的特色东西端上来。店家绝不辜负这一干远行的客人，只吃得我们连声呼好好好！想来这剑阁县的河水山高水长清丽悠远，把个豆腐制品酝酿得绵软细长清香飘远。

吃了一餐难忘的饭，翻山越岭到雄关。走过古栈道，攀上关隘最高处，闭眼感慨。感慨了很久，不知道下篇文章怎样开头，怎样结尾，才对得起这无法用言语来形容的心情和这样的情景。我们于古镇住宿了一晚，吃了一餐同样悠远绵长的鱼宴后，到达翠云长廊，走过李白蜀道难的吟唱声，走过张飞柏的经典三国文化故事韵，走过荔枝柏树的传奇，走进唐明皇在这里守望一骑红尘妃子笑的爱情里。

初四正午，在古城昭化，阳光分外热烈。和爱的家人与爱自己的家人还有朋友，享受着这久违的阳光，心底暖洋洋一片。周围山峦如黛，足下江河滔滔东流，古城墙在阳光下静默着，人群熙熙攘攘……历史远去，一切都终将远去，只有这山、这水、这情，永远都在！

柳街和薅秧歌

柳街不是街，是成都都江堰市的一个镇。夏初，它简直就是一块绿毯子，平铺在川西坝儿，柔柔地向世人招手。没有多少人能招架住这醉心的绿和柔，我亦如此。

岷江像个汉子，自高原迢迢而来，用湍急的水流证明自己的骁勇；他一路拍打江石，浪遏飞舟，却在都江堰宝瓶口变了性子，变得内敛含蓄。一边细分成渠，汩汩而来；一边昂首阔步，潺潺东去。

汩汩而来的泉流像乳汁，哺育了川西平原的每一寸土地。黑石河、羊马河穿柳街镇而过，天府之源、蜀地水乡柳街，自然而然享受这天地的福泽恩宠，兰香幽幽，杨柳依依。

柳街最美季，怕是这秧苗泛青的时节，听，薅秧歌唱起来了喔！"男人扶犁耕牛，妇人们埋头插秧 / 偶尔直起腰 / 像几只高贵的鹤 / 妹崽把鹅撵下塘 / 顶着荷叶，踮脚跑过湿漉漉的田埂 / 捉蝴蝶去了 / 风开始翻书，满枝桑叶哗啦哗啦响……"秧田还是从前的秧田，世代耕种；但农民却不是以前的农民了，一个个穿红着绿，搽脂抹粉，扯着嗓子在田中欢唱。这是四川省级非物质文化遗产"柳街薅秧歌"的实景表演呢。

现场很热闹。无人机"嗡嗡嗡"在低空盘旋，摄影家抢着抓镜头，蜻蜓在翩翩起舞，一边的老人乐得咧开了嘴："黄鳝出洞尾巴摇，你唱秧歌我来解，天上唱完唱地下，一家一家唱起来。"是的，你来唱我来和。"柳街人以会唱薅秧歌为荣，它是柳街的本土文化和根脉。"都江堰市文联主席王国平如是说。柳街薅秧歌传承于隋唐的《竹枝歌》，源起于七里坝、邬家坝，现盛行于岷江流域，2014 年被列入省级非物质文化遗产名录。薅秧歌是劳动人民创造的原生态的农耕诗歌、音乐文化，由一人领唱，众人和末尾三个字，形式奔放自如。看着田中"劳作"的一个个大胖子，观者忍俊不禁：从前的农民，哪里有这么丰润肥实？！眼前的场景，分明就是一幅盛世年画嘛！

生命在歌唱

歌在飞。耳畔的薅秧歌，像奔腾不息的岷江水，诉说着柳街的历史，流走的是百姓疾苦，积淀下来的是这块沃土的人文和风情。

循着柳街薅秧歌的意境，我不禁迷失在一个叫青城湾的地方，这里有一湾水，有荷叶、亭子、水车、老牛……不，最入心的应该是这里还有农民诗社和画室！"柳街薅秧歌"衍生的柳风农民诗社和柳风艺术团，在"中国田园诗歌第一镇"青城湾绽放异彩。都江堰作协主席马及时老师说，2003年，柳街镇邱岗、程光林、周兴强、刘宗德等人发起成立全国第一家农民诗社——柳风农民诗社。至今，柳风农民诗社有会员100余人，15个村、3所学校分别成立了诗歌活动小组。2008年，国家文化部将柳街镇命名为"中国民间文化艺术之乡——诗歌之乡"。忙时各自勤耕种，闲来相聚共吟哦，锄头种粮笔种诗，柳街农民最风流。

第六届中国成都国际非物质文化遗产节——2017中国（都江堰）田园诗歌节暨中国说唱艺术展演活动在"诗歌之乡"柳街青城湾举行，名家云集。是夜，月华如水，荷叶田田。当绮丽的灯光照亮时，当如泣如诉的笛音吹响时，一支竹排满载星辉而来。那边，少女的舞姿正妩媚；这边，当一支长篙伸向青城湾的水深处时，诗人们的吟诵，如玉般温润了我的心灵，我把乡恋，一同深埋了进去。

萝卜寨的婚礼

巧遇一场婚礼，如逢天上甘霖。而这场婚礼，来自云朵上的羌寨——四川省汶川县雁门乡的萝卜寨。

暮春，人间芳菲已尽。晨起，从大禹故里汶川县城出发，贴着山赤裸的肌肤，倾听岷江湍急的心跳声，直奔萝卜寨。于谷底仰望，山与山之间不再凌乱，被地震撕裂的伤口渐次愈合，一切似乎归于平静。

车在十余公里的高山道路上盘旋，抵达山道的尽头，回望的一刹那，我不禁惊呆了：刚才还赤裸着的大山顶，因了昨夜的春雨，竟然积雪成峰，泛着银光。那一刻，阳光也喷薄而出，如此干净、明亮。春寒料峭，我们还都穿着羽绒服，但光芒仿佛洞穿了心灵和身体，让人温暖。我恍然大悟：那就是岷江的泉眼，震后的汶川，即使是一座荒山，这泉眼也会穷其所能，滋养一方水土。

眼前就是萝卜寨了。关于它的来历，一说是当初羌王奋力抵抗外来入侵，被敌人割下头来，像萝卜一样展示；另一说是因为这块黄土地能种出又大又甜的萝卜。依照中华民族的审美情感和想象，我更愿意萝卜寨的名字取其第二种典故。目击前方，一个川西北高原羌寨，仿佛中流砥柱，稳稳当当立在那里，背靠大山，俯瞰江河，恰似一只展翅的凤凰，于此翱翔了三千多年，成为中国最大、最原始的羌寨。

仰首，山峰逶迤连绵。雪顶、丛林、坡地、羌寨、田野依次顺势而来，我甚至听见飞鸟的鸣唱、雪融化的声音、树木的生长声和大山的心跳声。草木清新的气息也扑鼻而来，还夹杂着许多说不出的香味。而最让人惊喜的是置身于脚下的黄土地，在一株株高大繁茂的樱桃树下，让怒放的花朵美成一幅风景。花雪白，一簇簇，漫山遍野，同山那边的云朵相望，被阳光沐浴后，我突发奇想：它们是不是一件洁白的婚纱呢，为今天寨子里的新娘而盛开？

今天的萝卜寨有新旧之分。因为2008年的"5·12"大地震，三百多户的连体寨被无情摧毁，墙垣倾倒，四十多个村民因此遇难。也是这场大地震，让云端上的萝卜寨飞出雁门关，飞过川西高原，飞进人们心中。在各方的支援和帮助下，新的萝卜寨依山而建，毗邻旧寨。一段历史尘封，一个故事开启。

樱桃花深处，便是老寨子的遗址。寨门前依然挺立着高高的黄泥羌碉，羊头壁画刻满泥墙；白石象征着纯洁，置于每户人家废址的门楣；虽然是遗址，村民已经整体搬入新寨，但在巷道的某个口子、某个屋檐下、某个岔道……总有绣花的婆婆、卖草药的汉子、赶着羊群的大爷、奔跑着的孩子……他们仿佛龙王庙的神树，镇守着故去的家园。

旧寨连体新寨。为增加新寨抗震性能，房屋内部全部使用砖混结构，外面再抹上黄泥，以保持羌民族传统形式。走进新寨门，喜庆的气氛扑面而来，也洋溢在每一棵樱桃树下、每一爿青石板里、每一挂黄玉米棒中、每一串红辣椒顶尖……一个羌族大姐微笑着迎了上来，给我们领路。三三两两的村民从我们身边经过，手里提着鞭炮等礼物。原来羌寨的习俗是：一家人的婚礼，全村人都要送去祝福。

这分明是整个寨子的婚礼！新（郎）娘家选好良辰吉日后，提前通知每一户人家。婚礼第一天晚上，每户人家各派一人参议婚事，被称为领执事，由主事指定任务，分为厨管、管桌、内管、指客师、管饭师、唢呐师等；第二晚，寨中所有人和亲朋好友参加婚礼花夜，并上礼和挂羌红，然后举行宴会；第三天是正席，婚礼定于十二时，丰富的餐宴开始。

萝卜寨今天的主人公是柏林、张运丹，分别是新郎和新娘。新郎是小金县人，藏族；新娘是萝卜寨人，羌寨。我们进新娘家小院时，篝火烧得正旺，唢呐一声比一声嘹亮。樱桃树上挂着红灯笼，映衬着雪白的花朵，像新娘娇羞的脸。新郎柏林穿着羌族小伙子的服装，显得很精神。他娴熟地运用羌族的礼仪招呼客人，很满意岳父母给自己在云朵上安的这个新家。他告诉我，两人在汶川县城打工认识。这边婚礼结束后，他们就回小金县的老家举行藏族婚礼，不过婚后居萝卜寨的时间会更多，自己学的旅游专业，可能会花很多时间学习羌族文化，干点自己的事业，不想去县城打工了。

羌民族有自己的语言，却没有自己的文字记载。羌族是一个多神崇拜的民族，敬畏大地、山林、每一个生命……羌民用自己的方式感恩天地。看吧，山羊系在寨中树下，角上系着红布条；一坛酒开启，飘溢出浓香；这边，小伙子用力舞动手中的火龙；那边，一对青年绵绵情歌对起来；几个老人不甘示弱，手敲羊皮鼓，铿锵的鼓点响起来；少女们羞赧着脸上场，为远方的客人斟上美酒，欢快的沙朗——羌族人的锅庄，搅热了寨子。祭祀队伍由释比领头，从寨中出发，依次祭拜家神、树神等。数百人浩浩荡荡奔向主祭场，到达主祭场，围绕天神塔进行祭祀活动，释比诵经，恭请主宰万物的神灵，众人恭候神灵的光临。天神塔的白石成为雪山的象征。

新郎柏林拿出手机加了我的微信。就像萝卜新寨注入现代的浇筑技术一样，短短几年时间，现在，寨子里的人们几乎家家户户都有小车，他们与外界通婚，开办农家乐，机器刺绣代替手工羌绣……旅游业蓬蓬勃勃发展起来。每当樱桃成熟的季节，商人游客纷至沓来，村民因此获得了巨大收益，大山的宁静也因此被打破。

而我还是欣喜的，一对新人的影子总在我眼前晃动，很清新和清晰，像雪山，像阳光，像樱花，像草地……一个藏族的小伙子来到这里，他成了这个寨子的新郎，他一定是个好父亲，也一定会是萝卜寨的好儿子的，我想。

峨眉山金顶情思

　　佳节又端午，艾叶正绿。当米粽淡淡的清香牵引了人们的思绪，龙舟竞渡的呐喊声震颤了中国人火热的情怀时，你可记得那些关于端午的久远传说和故事？

　　此时，我如诗的梦境正穿越神秘的巫山，淌过静静的屈原问天狭缝，停驻在那魂牵梦萦的仙山——峨眉山，这就是当年白蛇娘子为了美好的爱情，在端午节飞上峨眉山摘取灵芝救许仙的天上宫阙！

　　然而这绝不是梦境！

　　5月22日晚，从南充开车西南行，一路坦途，四个小时后我们抵达峨眉市。

　　翌日一早，开车至峨眉山麓，仰望群山逶迤连绵，翁郁葱茏。金色的阳光洒满其间，层林尽染，一幅生动的绝版山水画立刻映入眼帘。才入沟壑，猛见一涓涓细流从林中山涧奔泻而出，如白色的丝带般飘绕而来，极尽少女的妩媚和羞赧，我的心情顿时如沐山泉，是那样清新圣洁。上山的路百转千回，我们的心也跟着飘舞飞扬。三十分钟后，至半山，眺望远山，那姿态万千的山峰，如一颗颗碧绿的翡翠，闪耀出夺目的光芒。

　　午后，一行人沿着石梯攀行，直奔金顶索道口。台痕上阶绿。山行本无雨，空翠湿人衣。道边，一草皆成木，一树就参天。崖壁畔，一树杜鹃迎风玉立，如蝴蝶般傲然地展开生命的翅膀，藐视着万丈沟壑，把鲜艳的花朵盛开在绝壁之上。那时，正有一缕雾岚袅袅上升，蓦然回首，众人不禁疑惑，举步不前：这是人间，还是仙境？！

　　二时许，我们至索道口，改乘索道上金顶。就在索道启动的一刹那，我仿佛看见一只翱翔的鹰，正飞过天下最秀丽的山——峨眉山！鹰的翅膀下，抖落的是一颗颗激动的心。鹰隼掠上来的是一个个永生难忘的画面：有时坚挺的青松如剑，染霜的剑鞘晶莹透亮，直指苍穹，又如威武的士兵，对阵绝壁，震撼世人；有时傍崖的杜鹃开得如火如荼，仿佛仙山的金缕玉衣，衣袂飘飘；

有时又如跌进云端,眼前白茫茫一片,空尘隔世……但这些镜头都只一闪而过,我们很快就到了金顶!

不,确切地说,我已经梦游到了传说中的蓬莱仙境!迈出缆车的那一刻,若有若无的梵音传入耳畔,循着只应天上有的音律,当伫立云端的琼楼玉宇展现在眼前时,我屏住了呼吸,按捺住一颗狂跳的心,小心翼翼地触摸着汉白玉栏杆,努力想要看清天上宫阙的容颜。

一座雄伟的宫殿,一尊庄严的佛像,成了中国四大佛教名山之首的峨眉山的灵魂!高48米、重660吨的佛像是目前世界上最高、最大的十方普贤铜像。精致的金殿、铜殿建筑面积为1800平方米。金殿为铜面鎏金屋顶,为目前中国最大金殿。堪称世界神殿的金、银、铜殿围拱着一尊48米高的十方普贤金像屹立在顶峰云海之上,瑞气万千。在丽日的照耀下,十方普贤金像流光溢彩,产生夺人心魄的壮美,以峨眉独尊的磅礴大气,形成了不同凡响、底蕴丰厚的"第一山"文化。在闻名遐迩的"日出、云海、佛光、圣灯"四大奇观之外,峨眉山又增添两大旷世景观。

转朱阁,至金殿后,俯瞰山下,白云缥缈辽远,杜鹃灼灼盛开,青松坚挺笔直,听着传来的欢声笑语,我不禁心旷神怡,心境刹那间豁然开朗。思绪也穿过辽远的巫山,穿过奔腾不息的汨罗江、大渡河、青衣江,汇进浩荡的长江,回到了现实。这不是梦境!当年白蛇娘娘飞天峨眉山取灵芝的传说,仿佛变成了现实。

早春黄龙溪

2015年的正月初一,婆家一大家人出南充城,相约到黄龙溪古镇踏青过节。

川西平原一望无垠,田野里,白色、黄色、红色的花朵竞相开放,像一幅油画,总是吸引着我想要跳下车子去摸一下那画布。阳光格外明丽炫目,感受着太阳热烈的拥抱,似乎还听见他喃喃的话语声呢——这是春天的乐音。哦,一边沐浴着暖暖的春阳,一边听着动人的莺歌燕语,原野间,金黄的油菜花在怒放;樱花和李花也不甘示弱,从车窗外一闪而过的农户小院里探出头来,摇着热情的双手,恭迎从南充远道而来寻芳踏青的我们。

怎么能辜负如此美丽的春阳和好辰光,人们从四面八方相拥而来,公路边扶老携幼,老人笑着孩子跑着;车子却跑不动了,龟甲一般黑压压一片,堵成一条长龙。我充分发挥七八年之久的老司机优势,一路见缝插针,居然早早就甩开长龙,游弋进了黄龙溪的大门口。

哎,到了这样美丽的古镇,心情怎么能不兴奋和激动?哪怕人头挨着人头,大家也肩并着肩,兴许连彼此间的呼吸声都能听见。可这又有什么关系?这丝毫不影响大家过年过节的心情,更高兴的是商铺的老板们,手忙脚乱,但脸上的笑容却像春天的太阳一样妩媚。花儿们也高兴极了,走下枝头,妖娆地躺在农妇的手中,任由她们舞弄成一个个五光十色的花环,装饰一个个爱美的姑娘,或者少女,或者大妈,甚或壮男!忘记了时空和年龄,我被这妖媚的花环迷惑了双眼,配上曳地的长裙和时髦的羊毡帽,在古镇的门楣下对着家人的相机莞尔一笑,顿时觉得自己年轻二十岁了呢,嘿嘿。不只是我有这样的感受,婆婆也戴上花环左顾右盼,少女般羞赧地笑了!

我见过的古镇实在太多,但是我对古镇永远有深深的情结:古镇太适合拥有小资情怀或者浪漫风情的人啦,我应该是属于这样的人吧?可以探幽,可以寻古,可以写诗画画吟诵,可以把自己融化在清幽的水中。

黄龙溪拥有左岸风情的一切浪漫,飞檐翘角的阁楼、雕梁画栋的牌坊、小桥流水的曲廊……一树一风情，一草一民风，加之那让人垂涎的麻糖、芝麻秆、糍粑等四川风味小吃，配合吸人眼球的川剧变脸和舞龙狮等民俗表演，还真不愧是大四川大成都的后花园呢！

就这样你挤着我，我挨着你游玩了后花园，已经是汗涔涔的午后了。哈哈，刚出得小镇（其实不小，比印象中的丽江古城还大得多呢），便见一大片油菜花灼灼盛放，中间的草莓基地又牵动着孩子们的心魂，便欢呼雀跃着跟在她们身后跑进了这早春的二月天，晒着阳光，闻着花香，采摘着红艳艳的草莓，我，也是真的醉了！

蜀风蜀韵宽窄巷

四川成都，府南河畔，高楼之下，一面面青色的墙，一爿爿灰色的瓦，组合成一个个或大或小的院子。

它们彼此连缀，延伸成一条宽巷子，或者一条窄巷子，再加一条井巷子，就写满了一座城市的乡愁，构建起一个城市的文化坐标。

远看成都的宽窄巷子，像极了四川的"川"字。

一个"川"字，藏着数不尽的地域宝藏和财富。那是由雪山江河冲积而成的平原，是"一年成聚，二年成邑，三年成都"的传奇和底蕴。

仿若在天边，又近在眼前，从神奇九寨沟天堂般的松潘之地，一眼泉流汩汩而来。

岷江，流过了成都平原丰腴的肌体，流过了几千年四川发展变迁的心灵史：是大诗人李白"蚕丛及鱼凫，开国何茫然"中的先祖，是震惊世人的广汉三星堆青铜纵目人，是揭开蜀地远古文明密码的金沙太阳神鸟……是他们走出历史的迷雾，成就蜀地灿烂而辉煌的远古文明。

宽窄巷子，仿若岁月流淌而来的江河，染红了锦江的那一页薛涛笺，染绿了浣花溪的那一丛毛竹，染墨了武侯祠的那一副楹联……染白了流年而逝的光阴，飞溅出一朵朵时代的浪花，使之成为四川的里子和面子。

"晓看红湿处，花重锦官城。"在每一个春天来临的日子，成都蓉城都会以唐诗宋词的意境，以蜀锦的柔软和姿态，让每一个走进这个城市的人——沉醉。

醉倒在蓉城的人，不可能不去的一个地方，便是这泉流一样清澈，山花一样灿烂，米酒一样芬芳的地方——宽窄巷子。

华灯初上时，走在宽窄巷子的青石板上，若有若无的灯光暖暖地映照着蓉城，也映照在临街的每一个小铺子上。

此时，那些用木头搭建的一个个小铺子，就像一个个爱美的小姑娘，穿着俏丽的花衣裳，被灯光沐浴着，令人眼花缭乱。

只要一抬头，总是在不经意间，就能看见那些铺子里吊挂着的小熊猫布娃娃。它们一个个重叠着，毛茸茸的，似乎正眨巴着可爱的眼睛，透露出呆萌又稚气的神色，打量着这熟悉又陌生的地方。那一道道黑色和白色交织的色彩，是自然赠予四川独有的色彩，很远就增加了人们的辨识度，也很快就抓住了孩子们的心。

让四川人最自豪的，莫过于这些"憨憨"的猫儿！怎么可能不随时随地都有它们的身影。

抚摸着"熊猫"宝贝的身子，此时的宽窄巷子又像一个慈爱的老人，静静地沐浴着灯光，一片屋檐、一个天井……都在阑珊的夜色中微笑着，仿佛有许多故事要讲、要传扬。

巷子中间有一处过道，专门用于各地的摄影展。天堂般的九寨和黄龙，一望无垠的若尔盖大草原，天下秀的峨眉山和乐山大佛，神奇的小平和朱德故里，阆苑仙境的古城阆中，险峻峭拔的剑门关……

四川每一处精彩的风景，都被宽窄巷子收纳，并以静态的方式，在这里一一呈现。

且走且停，不长又不宽的巷子，似乎浓缩了天下所有的美食。吃在四川一点都不过分。麻辣的，清淡的；民间的，传统的……应有尽有，回味无穷。

眼看是一个面疙瘩，被师傅甩来甩去，竟然就甩出了一丝长长的面条，这叫过河面；本来是一团白花花的糯米糕，却偏偏要弄一面大鼓和筛子，几下敲击，糯米团就滚进了筛子，这叫放大炮……外地人立刻驻足观赏，这太神奇了，哪里是在吃东西啊，分明是在看杂技表演呢！

当美食遇上吃货，该是多么美好的事情。孩子们站在撒尿牛肉丸摊子前，都不肯走。只有四川人才明白，这种极美味又俗气的名字怎么会和这么高雅的环境匹配，这本身就是一种民间的文化遗存呢。它写满岁月的沧桑，又在无声地讲述着四川人自己的故事。

这样的场景，就像身边走过一个个摩登十足的四川美女，手里却拿着一串串沾满辣椒和花椒面的麻辣美食；用眼睛随便瞟一下，就可以看见街头哪个铺子里摆着一盆盆鲜红的火锅食料，腰片、毛肚、血旺、喉舌……堆满一桌子，在热腾腾的水汽氤氲中，在男人吆五喝六的划拳声中，在女人满脸绯红大快朵颐的盛宴中，开启了一天火辣辣的生活。

走累了吗？眼看游客渐渐稀少了。没有摩肩接踵的热闹景致了。这会儿，三三两两的人在悠闲地漫步。商贩在屋檐底下眯缝着双眼；小狗懒洋洋地摇着尾巴，并不提防从面前走过的每一个人；小猫细声细气地叫着，算是对路人热情的招呼了。

那就找一处安静的地方坐下来吧。茶房，遍布宽窄巷子的各个院落，也分散在这个城市的每一个地方。找一把竹椅子坐定，要上一杯盖碗茶，看帅气的小伙子斜背了茶壶，再把细细的茶水滴注到杯中，一种惬意而浪漫的时光，便随着茶叶在杯中舞动、弥散……

像茶水一样充满美韵的艺术，此时也正在生活中进行着。

四川最拿得出手的艺术当然是川剧，但往往让客人大跌眼镜的是：这个川剧表演当中嘛，怎么主角还会表演变脸、吐火等玩意儿？！再看看那些川北大木偶，哪里是木偶，分明就是仙女下凡呀，一转身，一笑靥……活灵活现，身姿婀娜，袅袅婷婷。

听着四川清音、四川散打和金钱板等地道的四川话，宽窄巷子的景致就像一条小河，在面前慢慢流过，静静地，很闲适，也很安逸。

这种生活也像泉水，滋养着人的身心，很明净和透彻，真好！

宽窄巷子口，片片银杏叶蝴蝶般飞落，与古老的地砖亲吻，流淌出许多诗意。天上正好有些微云，想许蓉城一世的温情。

远远看去，宽窄巷子就像一位撑着油纸伞的丁香姑娘，安静地走过每一个晨昏，走过这牵动人心绪的蓉城，走进每一个四川人的心灵。

宽窄巷，这一条条蕴含着浓浓人文气息的巷子，又是一条条血脉和纽带，连接着四川的昨天和今天，也连接着川内和川外人之间的感情。它正坦露一颗赤诚的心，只把最美好的东西，全部呈现给每一个走到它身边的人！

蜀地雄风

成都·金沙

在金沙，天圆地方。

似穹盖，笼罩四野。

我屏住呼吸，按捺住心跳，在旋转木梯间跳跃，像一只鸟。

鸟有翅膀，我也有——思想和灵魂，想象和空间。

木梯"咯吱咯吱"，很沉重，像叹息。对，是叹息。我的心和木心瞬间连成一体，融进金沙，变成那一根象牙，那一块虎骨，那一袭兽衣，那一片器皿，那一条暗河，那一片森林，那一方天空……

古蜀国在这里复活。虎啸，狼嚎，鹰飞；男人耕，女人织；箭竹生，芙蓉红；河流解冻，迷雾散开……

无边的森林像一张网，拼命抵住猿猴的尖叫、杜鹃的啼鸣……巫师的羽衣在翻飞，祭祀的神器在呐喊，我是一只鸟儿吗？我用尖利的嘴啄透黎明，太阳的金光点燃了我的诗情。我是一只奋飞的神鸟，装满蜀人的希望，挣脱大地的桎梏，向着苍穹，向着太阳，展翅翱翔。

绵阳·江油

我是这只鸟，栖息窦团山。

暗夜。闪电。雷鸣。雨柱。

音嘶哑，翅收缩，眼迷离。噫吁嚱，蜀道难！

莽荒森林，猿在嘶鸣，蛇在吐信。江水之畔，火烧，农耕。

是谁，虬髯长须，白衣素裳，子规啼血，仗剑天涯？

我与诗仙同行。

江水咆哮。山石狰狞。纤夫们赤裸着身体，用一根绳子，把自己和大地相连，把自己和江河相牵，把蜀国的命脉延向山外。

山连着山。森林傍着森林。石头叠着石头。我看见先民厚重的背脊、血印的臂膀；我听见他们沉重的喘息、悲怆的呐喊；我抚过他们焦渴的嘴唇，我抖落希望的火苗。烈火在熊熊燃烧，走出去、走出去……手臂在挥舞、汗水崩裂山石。打钎者和打桩人不再沉默；深渊里，有伤者痛苦的呻吟和逝者亡魂的低吟。瘦削的背脊，与岁月一道，被嵌入陡壁的画痕。

地崩山摧壮士死，然后天梯石栈相勾连。

我是金沙的神鸟，我不禁泪流满面。

广元·剑门关

山如剑门，势如破竹。鸟儿飞绝。

五丁开道，直奔秦川。

古栈道弯弯，向上、向左或者向右，刺穿丛林，剑指万仞，绵延百里。这是古蜀国的血脉吗？搏动在山崖，在峭壁。"谁携天外芙蓉锷，高挥层霄倚太清。阁道摩空星斗近，仙风吹入玉屏行。"……却道：蜀道关头险，剑门天下雄。

我是太阳鸟，我自金沙来，我是诗人的翅膀，我是蜀国的梦想。

我看见了我的影子，在翠云廊。

"翠云廊，苍烟护，苔花荫雨湿衣裳……"你看那遒劲的根，是在悬崖峭壁上赤裸着臂膀劈斧开山凿路的先民吗？悠悠青石路，茫茫松柏林，遥想秦月汉关，吟诵唐风宋韵……

蜀都·天府之国

我从金沙的摸底河，至八百里的大秦川。

我一路栉风沐雨。我一路引吭高歌。

我飞过三峡的险峰重叠，我越过巴山的秦岭屏障，我睥睨拱卫的青藏高原，我直上九天云霄。

我是古蜀国的一只太阳神鸟，在风雨中洗礼，在岁月中磨砺，在烈焰下涅槃。蜀人的血汗和智慧，凝成我鹰的翅膀；蜀地的青山绿水，让我成为世界的风景。

在这里，我与你们相拥蓝天，我与你们同呼吸共命运。

我骄傲，在今天，我有一个响亮的名字：天府之国！

我骄傲，我是蜀地的一只神鸟，抖落历史的风尘，正向着太阳，飞翔！

合川钓鱼城

一定是佛赐予了灵性和智慧，我才飞越千山万水，伫立于鹫峰山之巅，着墨于合川涞滩古镇。傍依山崖，一颗心停驻在二佛寺，闪耀巴渝大地的这颗夜明珠，让我眼神澄澈而明净。我穿越时空照壁，放眼诗意流淌的榕树下古码头：江水悠悠，帆船林立；渔火点点，星云流转……盛世的华年像对岸的青山，绵绵不绝，从唐到宋，自元至今……

我走过涞滩古街，走过历史的繁华和烟云，走进钓鱼古城。

我踩过一字城墙黎青色的石板，把玩着古代战场的简单兵器投石机，把头搁置于墙垛口间，俯瞰着面前的三江（嘉陵江、涪江和渠江）交融口，以及城门口下水军码头遗址，侧耳聆听历史的足音，想要捕捉江中沉淀的故事，打捞远去的逝水流年。

回溯历史，13 世纪。中国。北方。草原深处，大漠之中。彪悍的蒙古帝国军队呐喊着、冲锋着，崛起于东方的草原帝国所向披靡，挥舞着手中的神鞭，抵西亚，触北非。看吧，阿尔卑斯的雪山惊恐地瞪着双眼，伸出巨臂想要阻挡这势如洪水的蒙古大军；红海哆嗦着身子，翻涌着波涛，也想要和这匹狂奔的野马做最后的较量。

中国南方。在重庆合川，在三江汇合的地方，江面上战船相依，旌旗飘飞。蒙古帝国的大军如泰山压顶，一代天骄成吉思汗之孙蒙哥汗拿着"神鞭"，点画着如诗如画的山水城，鹰隼般的双眼何其骄傲和桀骜。

古城的跑马道上，马鬃飞影声声蹄，一头在这里，一头在关外；掘石场里，汉子们甩开膀子，大块大块的石头，被山般堆置在投石机旁。世代生活于此的人们，用累积的智慧，以最简单的武装方式，来维护自己生存的权利。

一周酣战。未果，又战。宛若江中砥柱，钓鱼城凛凛然岿然不动。蒙哥汗紧急亲征城下。又三月。一场旷日之战拉开阵势，世界侧目。谁能料，一个简陋的投石机，一块普通的石头，竟然致命地击中了蒙哥汗，让一代枭雄魂断三江。世界为之惊颤：中国西南，重庆合川钓鱼城，一个2.5平方千米的城堡，让来自草原的猎鹰断翅，让"上帝之鞭"就此折断，它就是屹立在东方的"麦加城"！

我抚摸着钓鱼山"独钓中原"几个大字，合川人是值得骄傲的！海拔仅391米的钓鱼山，让当时的阿尔卑斯雪山难以望其项背！举目远眺，视野里满目葱郁，良田沃野，森林参天。脚下峭壁林立，远处碧波荡漾。走过八千米长的古城墙，走过4700名守将浴血奋战的地方，我陷入沉思：究竟是英雄造时势，还是时势造英雄？在整个民族的灭顶之灾面前，支撑起江山底线的，到底是威武不屈的人心，还是固若金汤的城垣？！

"尊敬的教皇大人，我在中国西南一个叫合川钓鱼城的地方给您写这封信，是它改变了整个欧洲的命运！……"来自法国的小伙戴维，700多年后追随着马可·波罗的足迹，饱览了合川钓鱼城及涞滩古镇的秀美风光。这片土地上旖旎的自然风貌和丰富的人文情怀，让戴维不能释怀，他因此成为合川通往世界的代言人。

一场胜战让合川蜚声中外，三江交融的独特地理优势，也让它成为中国大西南内陆的一颗明珠。古往今来，它吸引了无数的先哲前辈于此沉淀自己的思想和学识，北宋理学家周敦颐、被康熙皇帝誉为"清官第一"的于成龙、史学家张森楷、人民教育家陶行知等，凝练成源远流长的理学文化、巴人文化、龙舟文化和廉政文化等。周恩来、陈毅等无产阶级革命家也曾在合川留下了光辉足迹。

今日，漫步三江之畔，人群摩肩接踵，小孩们吃着喷香的烤肉串；老人们忙着买衣服买鞋子；年轻人喝着酒唱着歌……历史远去，不见硝烟和烽火，唯有这山、水，生活在这片土地上的人们，以及他们所创造的精神财富和物质文化，却真实地一一再现。

适逢盛世，管中窥豹！从三江融合处溯源开去，母亲河长江的支流像搏动在祖国西部大地上的动脉，让每一寸肌肤都积蓄着无限的生机与活力；每一个古码头，都写满故事和传奇。蜀道不再难，飞架南北东西的桥和路，让巴渝大地更加神奇而壮美。又何止那三江投入母亲的怀抱，长江又奔流到东海呢？

"江水千古，民族千古。"这是钓鱼山上邑人戴蕃瑨的题记。这是永恒的凭证。

春到九龟山

九龟山位于我的家乡重庆大足，其山势走向名如其形，九块貌若乌龟的巨石分卧在山林里。记忆中，它们更像碧海绿波中的一枚枚珠贝，深藏于龙石镇万福村的怀抱；它们还像一块块翡翠，用满目通透晶莹的绿时时震颤我的心海；它们也如一首诗，淋漓尽致地抒发着山中树冠巴岳的红豆杉和楠木林的华彩和风情；关于九龟山过去和未来的一切，都只待此处的青山院来作证和记录了。

还是去年暮春时节，我和朋友们相约来到九龟山。

上山的路蜿蜒曲折。所谓山，实为海拔不过 200 米的山丘，远比不过巍峨的华山和雄壮的泰山。但山不在高，有仙则名。虽无仙人，却在山前碰见一位鹤发童颜的老农，阳光下眯缝着双眼，跷脚坐在自家楼房的廊檐下，抽着水烟袋，瞅着院坝中洗澡盆里相互嬉戏打闹的俩顽童，招呼着在屋前采摘桑果的游人。一畦畦碧绿的桑树在视野里汪汪着快要滴出油的色泽，和着麦风吹过的音符，激荡着我们久居城市放归山野的心灵。还等什么呢？呼啦一下，我们全部跳进桑林中，欢呼着采果，大口地吃，全然不顾吃相和品性，像饥渴的荒漠行者遇见绿洲，自顾自享受着自然的恩泽和老农的馈赠。

越过桑树林，顺着宽阔的公路前行，在半山腰间古树参天的绿荫里，竟然瞥见一座红墙绿瓦的寺院。走进庙宇，转过回廊，驻足细看，才知原来这是有 300 多年历史的寺庙——青山院。据该院正殿正梁记载，青山院建于清康熙三十七年（公元 1698 年），于咸丰二年（公元 1852 年）重新修缮。全院为石木结构，占地总面积约 4000 平方米，设上下两殿，左右横堂，共六道重房，两端为转角吊楼。院内有释迦牟尼、文殊菩萨、普贤菩萨、送子观音、地藏菩萨、白鹤仙师和孔夫子等石刻造像 100 余尊，院墙上有"水涌青山院"壁画。

殿中置放的一块匾额吸引了我的眼眸，上书"祥云广被"四个大字。青山院的虔诚守护者——杨兴涛老人，热诚地为我们讲述着青山院的历史和传说。原来这是乾隆十九年（公元1754年）进士、嘉庆皇帝老师、大足人刘天成亲笔题写的。他曾于乾隆十三年（公元1748年）前后，在此读书、授课，并被寺院一位得道高僧成器引为知己，这四个大字，就是为成器和尚八十寿诞和寺院开光典礼而赠送的礼物。

据说刘天成到青山院读书时，还是一个十六七岁的英俊少年，一日帮一少女过河，事后其作诗赞曰："少女临江隔岸愁，书生权作渡人舟。她将花手攀素手，我把龙头抵凤头。三寸金莲浮水面，一江春色涨江流。轻轻涉过芙蓉岸，默默无言各自羞。"谁知一年后刘天成新婚，花烛之夜掀开新娘盖头，四目相视，皆大吃一惊，原来这新娘就是他背过河的少女！此后，在九龟山方圆数百里的青山绿水间，就有了一个浪漫的爱情故事在流传。正如同今天的青山院，殿堂巍峨，晨钟暮鼓，为世人景仰。

杨老先生还给我们说起了九龟山的来历：在很久以前，青山院的老和尚梦中遇见一位年迈的母亲，跪地央求他收留自己的九个儿子。"我有事情要忙着赶路，而且已经老了，没法继续照顾我的九个儿子，我想让他们在你的庙后山上长住下，希望你能多多照顾他们。"看着白发皤然的老妪，和尚不禁动了恻隐之心，关切地问道："那你的九个儿子都叫什么名字呢？""你就按照他们住的位置东、南、西、北，金、木、水、火、土取名吧。"翌日，老和尚到后山一看，发现九块巨石宛如乌龟横卧山巅，只是不见老妪踪影，方才醒悟自己遇见了仙人。许是仙人也慕这样的人间美景？当她在其中的一块巨石上留下脚窝印迹时，心情该有多么不舍和惆怅。老和尚依循仙人旨意，依次为龟石取名，并把留有脚窝（后人称为天星窝）的巨石取名神龟。

出得庙宇，步过青草丛生的石径，攀上一个高地，放眼四望，周围古树翁郁，中有巨石匍匐。九块形似乌龟的巨石分卧山巅，分别镌刻着"神龟""灵龟""火龟""水龟""山龟""籛龟""文龟""宝龟""笙龟"等字迹，至今仍清晰可见。我们气喘吁吁地爬上神龟巨石，果然发现积水。目测传说中的"天星窝"，深50～60厘米，直径约60厘米，当地百姓盛传此石窝久旱不枯，曾有人专门把水舀干，结果第二天又溢满了水！难怪民间至今还有故事赞誉此山的神奇：宋代一位落第书生经高人点化，坐在九龟石上苦读一月后赴京赶考，一举夺魁并官至首辅。后人由此视九龟山为"出将入相之地"，并在离此不远的地方为这位书生修建了一座"状元坟"。

神龟石上，居然蓬蓬勃勃地生长着许多野刺梨和三叶果，红亮而圆润的野果子垂挂在悬崖边，在阳光下闪着动人的光泽，引诱着我冒着危险不断采摘，不停咀嚼，不住感叹，那久违的乡野味和之前的桑果甘甜，化作丝丝春雨滋润了心田，想来仙界王母的蟠桃盛宴也难敌眼前的春光和盛世！

九龟山的美不只有动人的传说，它的精气神更应该是由屹立山间数百年的红豆杉、楠木林以及黄葛树所诠释和升华的。山中至今生长着大量的国家二级、三级保护树木。神龟旁边树龄三百年以上的黄葛树，须由四人合围，树干高六七米，树冠散开宽十余米。苍劲的根，遒劲的枝，摄人心魄。古时被喻为鸳鸯树的楠木也独独情钟此山。据说九龟山上原有六对楠木，2003年7月，一对楠木其中的一棵被雷击后慢慢死去，而另一棵未被雷击的楠木，竟于2007年随之而亡。树的爱情故事尚且如此催人泪下，何况世代生活在这里的人们呢？至今在山上的五对楠木，树龄都在两百年以上，仍旧演绎着比翼连枝的爱恋传奇。我轻轻地来到文龟身旁，抚摸着一棵直径二三米、高六七米，须由两人才能合抱的红豆杉树干，情愫如春草蓬生。"红豆生南国，春来发几枝。愿君多采撷，此物最相思。"正是春光激溢的时候，眼前的红豆杉爆吐着新绿，想象着秋光乍现的季节，那红艳艳的果实，会引发几多人的相思和情怀呢？

伫立九龟山之巅，放眼四望碧绿的山野，歌者引吭，其乐也融融；游人怡然，只道是春光胜景无限好。我深深拜谒着这片土地的神奇和多情。九龟山，因着一个美丽的传说，浪漫的爱情故事和天地间最美的爱情树完美地融合在一起，应和着青山院的美妙禅音和春光，蕴藏着蜚声海内外石刻之乡深厚的人文底蕴，从不与尘世争宠，只在远山的一隅，静静地闪放着夺目的光芒！

此心安处是吾乡

"山出白石，明润如玉"，故为璧山。白璧玉润，山朗水清，这一定是璧山，这也应该是我想象中璧山的样子。

白石，天神的象征！汶川大地震前，农历六月初六，我曾经去过北川的小寨子沟，参加羌族神圣的祭山会。在离天很近的山上，在大熊猫的栖息地，在云朵上的民族——羌族生活的地方，村民们打开青稞酿造的咂酒，燃起火灶，跳起锅庄，唱响情歌……仪式开始，巫师释比领众人围塘而转，口念封山、育山、敬山的经文，对着天神塔的白石深深叩拜。天神阿巴木比塔，成为人间美好而幸福的神灵。

我想，天神阿巴木比塔的情感，一定是被璧山的某些东西锁住，才会降临凡间，才会在巴山儿女居住的地方，让这里"山出白石"，让人心驰神往。是缙云山、金剑山、龙隐山的秀美吗？还是璧南河、璧北河、梅江河的清澈，让天神明润如玉？对，一定是这里的山和水打动了天神的心，才有此"璧山"的称呼！

20世纪90年代初，一个夏天的早晨，我离开家乡大足到重庆上大学，那是我第一次出远门。我坐在长途汽车上，一路颠簸，神情迷惘，心情彷徨，不可知的前方让我神经紧张。来到璧山时，我看见了"青冈"两个字，看见了一片绵延的山，很清秀。我不禁打开窗户，尽情呼吸山那边风送来的空气，看山底小河潺潺地流，看人家屋顶的炊烟，看公路玉带般延伸进山里。大巴车师傅说，翻过这座山，就是重庆了。重庆有我的校园，有我的梦想……我很激动，我渴望翻过这座山去心目中的天堂，这是离我梦想最近的一座山。我从小生活的地方有巴岳山，我总是想翻过一座一座的山，看看山那边究竟是什么！

那时候我的梦想很多，喜欢唱歌，尤其迷恋邓丽君的歌，曾经一度想当歌唱家。我喜欢画画，也想当一名画家。但最后权衡，我更喜欢写作，觉得当作家是最明智的选择。

那时候，我不知道重庆的那边还有山，山的那边仍然是山。直到我大学毕业，直到我在外地工作、安家立业，直到我后来真的翻过一座又一座山，比如到了离天很近的地方——小寨子沟。在那里看见了白石，看见了天神塔。

山是无限延伸的，就像我们的心，总是在不断向外扩张。就像我们的故乡，也渐行渐远。

我从外地回家，翻过这座山就可以回到我的家乡大足。山无言，水不语。但冥冥中璧山的山水总像我的亲人，牵绊着我的思想和情感，让我的脚步移动到了这里。这个春天，我以一个作家的身份，走进璧山，参加"璧山杯重庆晚报第二届文学奖"活动，我是来领奖杯的，但我知道我还想到这里来找寻点什么东西。我到璧山的第一句话是问"的士"师傅："你们这里有什么好的东西？"他自豪地回答："璧山有很多树，有很多花草，有漂亮的公园和清澈的河流。"

思维凝滞。我突然感觉走进了一个寂静的时空，走进 20 世纪 90 年代初的那一天，我第一次看见这里的山、水、草木……这个社会，总觉得有些东西跑得太快了，是该停下来，一点点找回我们的某些过去了。这才是我们生活的实质内容。

是夜，我们住在璧山的一个大酒店里，背后是淡淡的山影，右侧是一个水塘，有青蛙的鸣叫，让我很舒心，像莫扎特的小夜曲。左侧是一条宽阔的大道，绿树成荫，直接通往青冈，再过去，就可以回到我的家乡大足。

翌日，主办方诚邀我们参观了生态农业种养基地、昆虫科技博物馆、康养生态小区、新兴汽车工业园等等。乡间，樱桃正红，一树树在车窗外挥舞着手臂，妩媚动人。一畦畦鲜绿的蔬菜，散发出田野的芳香，多么想与人的舌尖展开一场美味争夺大战啊。河流静静流向远方，竹枝下，石桥中，引来众人竞相拍照合影。牡丹花灼灼开放，睡莲怯怯藏羞，我们这是走进天神阿巴木比塔的后花园了吗？！那么白石呢，藏在远山深处吗？那她是巴国的后花园了。

山在远方，朦胧神秘；云在空中，低低浮沉；只有草木、湖水、瀑布、飞鸟、鲜花……在我身边陪伴，让我眼神迷离，仿佛走进心灵的世界，与山对话，

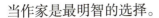

第三辑

巴蜀阆苑

与水呢喃。这是我在东岳体育公园最强烈的感受。

"小城故事多，充满喜和乐。若是你到小城来，收获特别多。看似一幅画，听像一首歌，人生境界真善美，这里已包括……"

在一块天然的石头上，我突然发现了这样的镌刻小字。这是我最喜欢的邓丽君的歌，我不禁轻声哼唱起来。同行的陈广庆老师告诉我：台湾著名词作家庄奴晚年就生活在重庆璧山，以此为故乡，并在这里安然离世，璧山人把《小城故事》歌词镌刻于此，以作纪念。

这个世界上，人们总是在寻觅世外桃源，寻找香格里拉，寻找心中的故乡。庄奴是幸运的，他找到了心灵的故乡。璧山是幸运的，她遇见了如此懂得自己心思的人。我是幸福的，过了青冈，我就会回到自己的老家，回到在家等候的母亲的怀抱。

世外桃源黑山谷

初夏，走进重庆万盛的黑山谷，就仿佛走进与世隔绝的世外桃源。沿溪行，初极狭，才通人，夹岸数百步，豁然开朗，忽逢桃花林，芳草鲜美，落英缤纷。那一刻，思想凝固，眼神迷离，恍若来到了仙境。继续前行，顺着蜿蜒的山路直抵流水淙淙的黑山谷响水村时，我们全身的细胞顿时鲜活激动起来，那被多少人追寻的梦中香格里拉——世外桃源不是在眼前出现了吗？！

因了头一晚上的一场绵绵细雨，中午的空气便格外清新，阳光也似乎更加明媚。天真蓝啊，不见一丝云彩，一如水洗般透明、清澈，与秀丽的峰峦相衔，晶亮了我们的眼眸。山也青青。翠绿的山冈间，有几缕薄明的雾岚在缭绕。看那巨石兀立在眼前，或者几株碧树高耸于山尖，听隐约传来的一阵松涛，我不由得屏住了呼吸：我们已经融化在旖旎的风光中了吗？就这样真切地和山水相拥。

而最清新、最真切的感受，是来自足下。沿溪行，山花送来迷人的清香，流水弹奏出动人的乐章，鱼儿在清澈的浅水区域畅游，绿得耀眼的苔藓布满青石。就这样与流水做伴，和游鱼做友，赏碧树山花幽草，感觉钻进了一床柔柔的襁褓，我们是那初生的婴儿，就那样自由自在、满怀希望地在它甜蜜的梦乡里畅游。

小鸟的啁啾是那样悦人耳目，山野芬芳的气息沁人心脾，山花渐欲迷人眼时，见一栈桥飞架于两岸岩石上，古朴、典雅，显出一种幽幽的空旷美，它仿佛连起时空的距离。我们仿佛穿过时空的隧道，进入山的肌肤和灵魂，站在桥上晃悠，看身影与溪水相映，觉得整个山谷都欢乐起来。

刚过栈桥，还有浮桥啊，就那样晃动身姿，看蓝的天和白的云变换成绮丽的色彩，尽情描绘这山和水。终于与溪水相吻了，在桥面，掬一捧水，又扬手飞洒出去，看水珠一滴滴溅落，很快汇入溪水中，成了汪绿一片。翻起的几朵浪花，荡漾开去，成了涟漪，至山涧，赶紧与裸露在水里的岩石尽情

嬉戏。我不禁想：这些水珠，也是有生命的啊，它们也在歌唱着，舞蹈着，与山水为伴，和谐共生，直到永远。

沿途偶尔可见憨厚朴实的山民，古铜色的脸，长满厚茧的手，地道的山里口音，心想喝这水长大的人该是至纯至真的了吧。不禁疑虑，莫非真的到了世外桃源？！我竟然很期待另一幅画面，喝这水长大的姑娘们，又该美成什么样子呢？！

山那边还有人吗？山涧边，沟壑间，松林中，瀑布倾泻而下，如丝带，如练绸，悬挂山崖，成一幅立体的画，展示着黑山谷少女般美丽的胴体。不，山那边应该是天河，天河中定然有世人不知的仙女，持彩练当空而舞，成美丽的黑山谷。十三公里的峡谷，被自然的鬼斧神工雕琢出的黑山大佛、夜郎公主峰、白玉观音、九曲画屏等二百多个奇异景观，如一幅美丽的画，那样现实、生动地烙印在我心灵的深处，永远闪耀着瑰丽的色彩。

不忍归去，在山的心中！

仙女山探秘

芳草萋萋。

绿韵悠悠。

绿，生动清新自然的绿，无边无际，像绸，裹住身子；像泉，流过心海；像风，拂过发丝；像酒，醉了无数次想象和神往她的恋情。我的心瞬间柔化成水，恣意纵情，流淌进仙女山的这片草原。初遇她，是一个夏日的午后，那时我刚从钢筋混凝土浇筑的城市丛林寻踪而来，而来自天边的绿，就那样一直馨香着我生命的绿洲。

我像一个孩子，欢呼雀跃着，抛却世故和矜持，毫无理由并惊喜地扑进她的怀抱。我把自己变成婴儿，躺在了草地上。想要贴近她的肌肤。草地朴实而温情，拥我入怀。有白雾在远山飘绕，有森林在边际挺立，有花儿在身边开放。什么都不用想，这一片高山草甸，静谧湿润。这是天界遗落人间的一块玉吗？就这样悄悄滋养着我的心灵。我久盼的眼神不忍迷离，我敞开的胸怀不忍闭合，我们的脉搏在一起跳动。

一只小马驹离开母亲，来到我身边，它不设防。我抚摸着它光滑的皮毛，迎上它亲近的眼神，贴近它的耳朵，我们在一同呼吸着空气！它甩动马尾，我张开喉咙，我们跟随着花儿、鸟儿、草木、云朵等合奏的韵律，想要舞蹈和歌唱。

绿原中有树，还有小木屋。天地间，我的眼前竟然出现一幅奇妙的景象：身着纱裙的白雪公主，和七个小矮人唱着仙女山之歌，快乐地走进草地，走进小木屋，在那里炊爨、品酒……完美地呈现一个经典的童话故事。在重庆武隆，在仙女山，在这里，最适合想象和思想生长。

我们太累了，我们总是在寻找，寻找一个可以安放心灵的地方，哪怕一棵树、一朵花、一个人，抑或一个故事。那一刻，我笃定，这片土地，就是天上仙界在凡尘的延伸。

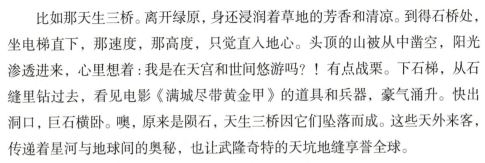

比如那天生三桥。离开绿原，身还浸润着草地的芳香和清凉。到得石桥处，坐电梯直下，那速度，那高度，只觉直入地心。头顶的山被从中凿空，阳光渗透进来，心里想着：我是在天宫和世间悠游吗？！有点战栗。下石梯，从石缝里钻过去，看见电影《满城尽带黄金甲》的道具和兵器，豪气涌升。快出洞口，巨石横卧。噢，原来是陨石，天生三桥因它们坠落而成。这些天外来客，传递着星河与地球间的奥秘，也让武隆奇特的天坑地缝享誉全球。

比如芙蓉洞。顺山势而下，至乌江畔，到喀斯特芙蓉洞口。如果不是亲临此处，再往前勇敢迈步，你不会知道青山深处也会隐藏如此多的秘密，有如此美妙的胜景。暗河、钟乳石、五彩灯光……溶洞景观牵扯着我的脚步和思想，我甚至把它们想象成龙王的地宫，而自己已经变成海的女儿，在其间找回失落已久的记忆；石笋、石花……怪异的钟乳石各地常见，但你见过酷似齐天大圣孙悟空和他的金箍棒的吗？它们如此神奇地结合在一起，在重庆武隆芙蓉洞里，生动活泼地讲述着《西游记》的故事，印证着初遇仙女山的传奇。

还有乌江。那么清澈，玉带一般，缠绕在青山绿水中。苗家的吊脚楼、江里的扁舟、山洞的清泉，都为它合奏一曲优美的乐音。一方水土养一方人，吊脚楼里生长的人，难怪传出的歌声是圆润而丰满的。

乐音中，我不禁迷醉。依稀还记得天边的那抹绿，那一片青草地，那一片莽苍的森林，那奇妙的天生三桥和那几块褐色的陨石，那地心深处的天坑地缝和深藏青山的溶洞……谁持彩练当空舞？！谁能解释，为何在重庆武隆这样的地方，这样的美景会如此完美地融合在一起？

诗情画意南两路

我站在山之巅，俯瞰足下，一条大江波涛汹涌，逶迤而去。江对岸，地势开阔，高楼林立，毗邻山城重庆，为两江新区；江这边山势连绵，林木翁郁，山路弯弯曲曲，一直向西，可到重庆南川和贵州腹地。

看那汹涌而来的长江水劈波斩浪，不可一世，于此地却突然温婉多情，潺潺而流。江中并列几排桥墩，直插霄汉，稳重厚实，恰如中流砥柱，锐不可当。远远望去，桥墩上、半空中、长长的支架上，几个青色的钢铁"篮子"里，隐约有人的身影。陪同的贵州桥梁工程施工队负责人何书记说，这几名工人正在施工操作呢。看来，这浩浩江水终是败在这些铁汉子的手臂之下了！

我不禁肃然起敬！那天，和川渝两地的作家，第一次真正走进高速路施工现场，所有的想象都化为具体的场景：一年之后，视野前方，将会有一条笔直的高速公路穿过去，衔接远山和近水，真可谓"天堑变通途"。时值初夏，天气燥热，我伫望的地方是新建南两（南川至两江新区）高速路工程队施工所在地（第五标段），由贵州桥梁公司承建。目之所及除了青山、长江、钢架、桥墩、铁篮子……而更清晰的是那些忙碌着的身影，是那些穿着金黄色工程服的人，正成为天地中的主宰者。

不是吗？如果你贴近山的肌肤，洞穿山的心灵，一定会发现一个秘密，那些云端上、半空中的"路"，它们"根"植于大地，牢牢屹立。沿着崎岖的山路，向下行，至南两高速公路第五标段的半山腰，于尘土飞扬处，只见一个地道口不断向下扩张、延伸，幽深神秘，深不可测。它仿佛承载了天地的嘱托，连接了地心，而大江之上，早有斜拉的钢架支撑过来，直插洞底。半空中的"路"，它的基础是如此稳重厚实，那时，我突然想到了人生，以及其他。站在洞口，隐约听见机器轰鸣的声音，我无法想象那些建设者，他们是以一种什么样的精神和态度，钻进大地深处，和山对话，完成心中的宏愿。也许十年后、百年后，这儿的山和水，还讲述着今天的传奇和故事。

离开第五标段，我们向第四标段进发。天气闷热，但是沿途的青山绿水，却消除了烦躁的情绪和暑热，带来满心的喜悦。玉米青翠密实，在悄悄地吐穗；稻禾三行五行，在水田茁壮生长；人家屋后屋前，李子桃子垂果，诱惑着舌尖原始的欲望；谷底溪流潺潺，还有小鱼儿在跳跃……转过山头，回望来时路，又看见高高的桥墩屹立于两山之间，想象着头顶不久之后将会有笔直的路通过，思想不禁随着弯曲的山路延伸、拉直……在山与山之间穿行的路，一定是美丽的，它吸取天地的精华，一定有生命，与花草相伴，与溪流同行。这样想着，我很欢乐。

第四标段需要打通一个隧道，六七千米，路修好后车子几分钟就可以开过去，但是在现场，我们却看见有一个工程队驻扎。山势森然，有围墙遮拦，挂安全标语，醒目刺眼。工人们奔波忙碌，绝无空闲，工期有限，一如军令。隧道口，一排长长的管道自洞内延伸而出，灰尘扑面而来。机器在轰鸣，聒噪的声音不忍入耳。"工人们非常了不起！"同行的傅天琳老师感慨地说。她努力靠近洞口，努力接近工人，走到他们身边，倾听他们的声音。

在第三标段，于谷底仰望在建的高大桥墩，郭师傅的兴奋之情溢于言表。"我这辈子修路，我儿子也修路，我小孙子也在工地上。"他个子不高，穿红色的工作服，看着空中的桥墩，站在太阳底下憨笑。他的脸被太阳晒得黑红，皱纹因此"沟壑丛生"；他的双手宽大粗糙，骨节突出，给人强有力的感觉。他是工地上普通的一员，这样的身影还有很多，每天从清晨到夜晚，在江面上、在隧道口、在高山、在峡谷……我们甚至不知道他们的名字，他们的名字和身影，早已经融进了这路上的一草一木、一砖一石。他们的妻子好多跟着在工地附近埋锅造饭，对丈夫没有怨言，只有守望和等待，等待他们每天归家的身影，也等待"路"修好的那一天。

"路"不言不语，却积蓄着力量，在空中、在隧道、在江上等待着出现的那一刻。

第二标段有一个很好听的名字——"春天门"，只是门那边是山，门这边还是山，中间的隧道像血脉，连接了山里山外的情感，也连通了山里山外的风景。沿着春天门这边前行不久，就到了南川，闻言金佛山上的杜鹃花开得正艳，一行人摩拳擦掌，欲前行，因为下雨，竟未能遂愿。也罢，留下美好的念想，等待明年路开通的那一天，再来南川看杜鹃花吧，而那艳红的色彩，也一定会沿着山中笔直的路，灿烂远方人的心境。

山城，山城

1

我是巴山的儿女，第一声啼哭便是那江水的呐喊。

春雷轰隆。巴山夜雨。大地抖颤。那时，我的肌体还连接着母亲的心房，黑暗给了我渴求光明的眼睛。我听见了先民们开山凿石的铿锵声，我看见了栈道在我的肌肤上开裂，我感受到了钻心的疼，我却没有哭泣。我还看见了巴人赤裸的肩背、佝偻的身影，泪水滴进了我的心房，便咸湿了这方土地。历史的足音渐行渐远，马蹄声、刀剑声、枪炮声、花开声、乐音……由远及近，由里而外，伴随着我成长。于是，每一棵树，都冠盖如云；每一丛草，都绿色成茵；每一朵花，都鲜艳无比；每一个孩子，都可爱美丽。

2

我成长的誓言，在巴山背二哥的歌谣里，在三峡纤夫的号子声中，在山道弯弯的哭嫁女路上，在丛林中老人故去的地方，在砍柴背篼孩子的褴褛中……江水拍打着我的身体，裹挟着卵石的沧桑、土地的沉默、大山的厚重；也翻卷出鱼儿的欢笑、林木的气息、溪流的奔涌……

一条清澈的江源自秦岭，我想象着它流过米仓山的古栈道，流过武皇故里的昭化古街和红军渡，流过阆中的古城和锦屏山，流过周子古镇的相如长歌和濂溪祠，流过合川的钓鱼城，流过洪崖洞，流进朝天门……它叫嘉陵江。

一条龙脉叫长江。它自世界屋脊，一路披荆斩棘，一路栉风沐雨，过险滩、跃峡谷……万里迢迢，昼夜兼程，奔袭而来。带来雪山的圣洁、雄浑，带来峡谷险滩的气势和魄力，也带来山川草木的俊秀和飘逸。

我踏歌而舞。山是一座城，城是一座山。

3

黄葛树是我的根。那遒劲的枝、粗壮的干、婆娑的叶，编织成了一幅画，装帧在山城的某一个路口，或者某一面窗下；它庞大的根系中，包裹着一个个故事，积蓄着一点点温情，写意着山城人的豪爽和热情。黄葛树下的故事，流传了一代又一代。炮火不曾摧毁它的根，硝烟不曾殒殁它的叶！

4

小巷子是我的血脉。它饮江水、吸朝露；它跨石桥、过涵洞；它接高楼、连地沟。它一如黄葛树发达的根系，就那样缠缠绵绵、弯弯曲曲、层层叠叠。由最初的原点，从东向西，从南到北，延伸、跨越，与世界相衔。它大清早醒来，醒在大妈的菜篮里，醒在姑娘的高跟鞋里，醒在"棒吐棒"的吆喝声里；它深夜沉沉睡去，梦在鹅岭不夜的灯火里，梦在恣意飘香的山城火锅里，梦在震耳欲聋的划拳声中，梦在长长的重庆小面里……青绿的苔藓，便是它的汁液吗？想要喷吐心中的幽香和花蕊！

5

高楼是我的肌体。它以山作骨，把树作趣，在小巷子中凌空而舞。当解放碑的晨钟声敲响时，当金色的朝霞涂抹开来，当江水拍岸的涛声传递上来，它笑了。它傲视寰宇，你永远不知道，在每一栋高楼里，究竟有多少人在工作；在每一扇窗子后，究竟有多少双眼睛在打量城市；而一栋栋高楼间，正发生着多少故事和传奇。

6

歌乐山是我的灵魂。
山上的每一寸土地都是火热的。那是历史的血液在沸腾、在烧灼。
山上的每一块石头都是滚烫的。那是历史的火焰在燃烧、在飞扬。
山上的每一个浮雕人物都是鲜活的，燃烧的历史赋予他们永恒的生命力。
白公馆的每一个石阶，都是一首山城恋歌的音符。渣滓洞的每一棵小草，都是一曲红色之歌的音调。

从大禹治水的千古传说中走来，从红色革命的腥风血雨中走来，从山城巨变的历史风云中走来，歌乐山，亦歌亦舞，承载千年。

歌乐山，一座山的高度，一座城市的温度，一个民族的精神内核。

7

慈溪口是我的眼睛。我的远方是历史，我的前方是现在。

历史的尘埃不曾遮掩那一扇窗花，有多少动人的故事，在古镇的街口讲述；有多少百姓的生活，在古镇的四合院里演绎。一簸箕、一扫帚、一斗篷、一蓑衣……巴山儿女，代代承袭。

古镇静默着，江水在奔腾。江绕着城，城围着江。就像根牵着叶，叶眷恋着根。

8

我是巴山的儿女。

我是巴山蜀水的守望者。

我有黄葛树博大的胸怀，有小巷子绵长的情爱，有高楼的雄壮和伟岸，有歌乐山永不磨灭的情怀。

一根棒棒，一肩挑着风雨，一肩担着忠义。

一盆火锅，一边熬煮着昨天，一边品尝着未来。

一个洞口，一端衔接着历史，一端通向了世界。

一座山城，是我流淌的血脉，是我跳动的灵魂，是我律动的脉搏。

第四辑

行者无疆

湘西凤凰情

凤凰来兮，梧桐引兮。吾心往兮，吾魂念兮。

我仰望湘西，就如同瞩目天边那一抹彩虹。我迷恋湘西，它就是那蓝空下、白云中，一方圣洁的仙境领域。神秘多情的湘西，宛然降落人间的仙子，以山为骨，把水作趣，娉娉婷婷，走进心怀。乌龙山的神秘、沱江水的清润、凤凰城的美丽，交织成仙子的罗带，飘绕进我的魂魄，牵扯着我的梦、我的情感和念想：这里有雪山圣水的冰肌玉骨，这里有江南水乡的欸乃桨橹……

我本是一只青鸟，蛰伏在蜀地的山峰和莽林中。

可是在梦中，应和着湘西动人的民族音律，我幻变得五彩缤纷，啄透黎明的黑暗，腾空而起，飞向那遥远的天际，那青山绿水相互交错的地方。我是一只展翅而来的凤凰吗？我的名字叫湘西！

脚踏巴山蜀水，头枕云贵高原，伫望韶山的风采，书写一江湘水的豪情。湘西——我的名字叫凤凰！

武陵源温润了我的心。缘溪行，极目那桃花林，夹岸数百步，芳草鲜美，落英缤纷，有良田美池桑竹之属。溪水潺潺而过，小石子露出调皮的笑容，吻着小鱼儿的触须，眨巴着眼睛，细细打量着近处人家炊烟缭绕的青瓦房。我看见湘西土家族人的生活在阳光下发芽。红绸盖布下的新娘，哭唱着父母的辛劳，细数着媒婆的不是，其实满心盛放的都是未来的希望。土家族人居住的地方，是神仙遗落的画布吗？金黄的练绸是稻谷，绿色的海洋是森林，洁白的丝带是河流……一地的丰美，一世的故事，生生不息。

"也有老母亲，也有心上人……"深情的歌声飞出荧屏，穿过辽远的苍穹，如雨滴落在我的心田，这是《乌龙山剿匪记》的主题曲。山河的壮美、解放军的英勇、土匪的凶残，演绎成一组生动的画面，把湘西的神秘风情烙印在我的脑海中。

湘黔边界的深山峡谷中，珍藏着一颗璀璨的明珠——乌龙山。多少年后，影片中千奇百怪的山峰、凌空突兀的怪石、如玉似练的飞瀑，依然在历史的长河中栉风沐雨。凭依桥栏风细细。凝眸远望，青山依旧在。绵亘的乌龙山庄严肃穆，一下牵扯了我的记忆。为了这座山的安宁，无数的解放军把鲜血洒在了这片热土地上，怎么能不捍卫这一颗明珠的华彩和圣洁？湘西红色的土地，是英雄们不朽的魂灵在日夜歌唱吗？

我的思想在升华，沐浴着晨曦的朝阳，飞向山岗，飞过林丛，飞进湘西的每一寸土地。俯瞰中国南方湘西的苗疆长城，历史的胶片就在眼前回放，烽火硝烟映照着这一片天空那时的神奇和美丽。金戈铁马的战场，却又让这块土地震颤和惊惧。簌簌的寒风，仿佛送来断垣残壁的呻吟声、呐喊声……看见久远的中国南方，体味一段苗都的悲壮和多情。多少年来，它静静地荒芜在湘西大山的深处，潜藏着湘西地区明清两代政治、经济、军事、文化的特质。风萧萧兮，壮士已去。烽烟弥散，唯有草木含情依旧笑春风。今天，沉睡多年的苗疆边墙终于拂去历史的尘埃，以一个颇有特色的旅游点的名义，为世人敬仰。

我深情地仁望着大山深处的苗寨。世代居住于此的苗家人，他们才是赋予这片土地鲜活魂灵的真正主人。湘西的苗寨随处可见，千山飞瀑环抱，鸟语花香做伴。飞檐翘角处，精雕细琢的牛角屋檐顶诉说着民族的骄傲，渲染着大山深处的幸福和吉祥。除此之外，房子的每一处细节也感动着第一眼钟情这方水土的人。那封火墙、吊脚楼、雕花窗……造型奇特，格调鲜明，无不显示出远古先民的智慧和民风。

我飞过丘壑，飞过山峦，一片片青色的瓦和一根根褐色的木桩拽住了我的脚步，你知道"德夯"的意思吗？它是美丽的大峡谷，德夯苗寨就是绽放在神秘湘西峡谷中的一朵奇葩。走进德夯，铿锵的鼓音就响起来了，欢乐的舞蹈也跳起来了。"铛铛铛"清脆的银铃声声，晕染出苗家少女曼妙的身姿和舞步，也呼唤出苗家阿妈热气腾腾的酸汤鱼和红鸡蛋，更牵扯出苗家阿公古老的故事和传奇。百余户苗民，千年的古俗，五代的苗鼓王……就在嘹亮的山歌中代代传承。姑娘们的银饰耀亮了心房，男人们的绑腿彰显着英武。春种桑，秋收棉；日榨油，夜织布……其乐无穷。更有一年一度的苗年、百狮会、三月三歌会、赶秋、接龙、椎手等苗族民间民俗活动，描绘成一幅风情浓郁的画卷，把你带进一个神奇的世外桃源、一个古老的童话世界……

花自飘零水自流。从湘西大山深处涓涓而出的泉水，纳溪成流，汇聚成川，积淀了丰富的人文情怀。它一头领衔着湘江的豪迈，在湘西猛洞河的"中华第一漂"，随波荡漾，顿生"橘子洲头，看万山红遍"的潇洒之情和磅礴气势；它一肩挑出湘水的多情，走过芙蓉镇长满青苔的石阶，走过小镇两千多年的历史，走进一条龙蛇一般的小巷，找一棵枝繁叶茂的梧桐树当伞，靠一把散发着清香的竹编藤椅坐下，喝过老乡递来的土茶碗盛放的清润可口的古丈香茶，体味一段"撑着油纸伞，我希望逢着丁香一样的姑娘"的浪漫情怀，这样的情景，该有多么美？这不正是《芙蓉镇》传出的画外音吗？"湘西口音满背篓，猛洞河古风韵流"；又有今人辞章："武陵山秀水幽幽，三峡落溪州。悬崖壁峭绿油油，悠悠荡华舟。烹鲜鱼，戏灵猴，龙洞神仙游，芙蓉古镇吊脚楼，土家情意稠。"

以芙蓉镇为原点，思乡的情思也如它"上通川黔，下达洞庭，楚蜀通津"的交通脉络，让我思绪万千。新西兰著名作家路易·艾黎说她是"中国最美丽的小城"，中国著名作家沈从文先生赞美她是中国最美的边城。这怎么能不牵扯我文学的情感和灵魂，在日里，在梦里，想要与之相拥和亲吻。我飞越千山万水，就是为着来找寻她的美。在湘川黔三省交界的边城茶峒，在美丽的凤凰古城，目之所及，怎么能不让我柔肠寸断！

这里，已经为你等待了一千年！跟着沈从文先生的思想脉络，扫描边城——这一幅悠远馨香的淡墨山水画，那青黛的远山、清澈的溪水、翠绿的竹筏、淳朴的村民……穿过时空，跨越地界，这一切都是那么鲜活地呈现在我面前。抚摸着凤凰古城褐色的墙面，掐一抹石柱上油绿的青苔，凭依在古城吊脚楼的窗棂前，望着碧绿的沱江水潺潺而过，湘西秀丽的风景画和清新、淡远的牧歌情调深深感染了我。

是夜，泊舟水上，璀璨的灯火耀亮了沱江的远山近水，映照着古城红的墙绿的瓦，映照着天南地北游客的身影，映照着别具一格的吊脚楼和炉火中人们的笑脸，也映照出湘西多民族人民富足美好的生活。装饰一新的窗棂里，映出新人娇羞的脸庞，美妙的歌声也忽远忽近，震颤了我的耳膜，这是湘西大地今天发出的时代最强音吗？风情万千的湘西在沈从文的笔下走进世人的眼睛，也走到世界的面前。湘西民族和整个中华民族美好的文化精神就如同一首歌，从这里传遍祖国四海。

　　"两心永相依！"我的心，从此就栖息在这里。我是一只美丽的凤凰，土家族、苗族、回族、瑶族、侗族、白族……通向大山深处每一个民族、每一个村寨的每一条公路，都架起一座历史的丰碑和桥梁，昭示着湘西的大发展。每一个民族的文化和精神，都荟萃成我彩色的羽毛，我的名字叫湘西，正展翅翱翔在祖国的西部！

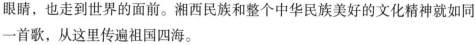

兰若龙润山

幽

龙润山如贵州省城的屏风，逶迤连绵在郊区一个叫扎佐镇的地方，总是牵扯我的心怀。

七月下旬，时至中伏，正是炎夏酷暑。于四川盆地内，自觉是一块快被蒸熟的"鲜肉"，我再也不想持续与老天僵持和耗费下去，请了公休假，赶紧逃离南充。

夜幕垂挂时，正好到达贵阳郊区修文县。从高速公路扎佐镇出口下，当空蓝白色，有几抹微云浅翔，有半月儿浮沉；近处有树枝眼前晃动，有葵花风中摇摆，有凉风拂过，心情瞬间大好。感觉就是从一火堆中脱逃，到了人间福地，凉爽，是此时最大的追求和愿望。

我这是第三次来修文扎佐了。对于我而言，它不是一个地名，而是一个情感的驿站，又或许是一次心灵的安放。当一辆白色的小轿车停在高速路出口等候我时，这种感觉尤其强烈。

车是龙人瑛姐姐派来接我的。见车如见人。龙润山，不知道是山因了人而灵秀，还是人因了山而沉静睿智。姐姐的面庞其实一直清晰地映照在我的心海。这个从天府之国到彩云之南，又从边陲之地深入黔地的女人，山是因她而折服的！

她的愿景是"域外桃源"，出生在四川泸州的她，辗转于云南、四川等地，拓展自己的美好事业，最后选定在龙润山种植花果树木，完成夙愿。

兰生幽谷而不掩其芳。我清晰地记得，听姐姐第一次描述龙润山，大约在十几年前，我们初次相识。她说她早在二十几年前就在山上种果树，养猪养鸡，当农场女，风里雨里跑来跑去，积蓄了第一笔创业资金。我第一次到龙润山，是七八年前的一个春天，她在山上初建了龙润养生山庄，希望做一

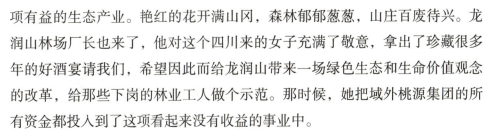

项有益的生态产业。艳红的花开满山冈，森林郁郁葱葱，山庄百废待兴。龙润山林场厂长也来了，他对这个四川来的女子充满了敬意，拿出了珍藏很多年的好酒宴请我们，希望因此而给龙润山带来一场绿色生态和生命价值观念的改革，给那些下岗的林业工人做个示范。那时候，她把域外桃源集团的所有资金都投入到了这项看起来没有收益的事业中。

我第二次到龙润山，是三年前的秋天，森林五彩斑斓，柑橘树缀满了果子，山庄也初具规模，菜园子、民俗楼、小亭子、石栈道……真如世外桃源。这个秋天这个庄园，见证了一场爱情的成熟和收获，她儿子小龙龙结婚了，娶的是龙润山一位普通的姑娘。当新娘新郎相拥的那一瞬，我看见她眼里闪烁的泪花在涌动。为了这个庄园的诞生，作为单身妈妈的她，实在付出了太多。

而在今年的这个夏天，再次踏上这片土地，凉风拂过脸颊，燥热退却，心情就像夜幕上的云卷云舒，很畅达，很空阔，很闲散。

我想：在城市的森林里，是不是每个人都想逃出，都想寻找一块心灵的净土呢？

静

扎佐镇不大，位于龙润山脚下。

又逢周末，小镇很热闹，街道上停满了挂外地车牌的各式车辆，大多是从川渝两地来避暑的。小镇其实并不小，依托龙润山得天独厚的资源，成为贵阳市民郊游的最好去处之一，拥有贵州最大的高尔夫球场和野生动物园等。

到了扎佐，不得不吃这里的酸汤鱼。不知道是山里流出的泉水之故，还是地理区域使然，吃过这里的酸汤鱼，便再也不想其他地方的同样美食了。做鱼的酸菜很特别，第一天还是鲜绿的叶子，往特制的酸水里浸泡一晚，翌日便酸辣可口。夜幕降临，小镇的街灯亮了，天南海北的人坐在镇上的苗家餐馆里，吆五喝六，吃着热闹的晚餐，直至月亮升起。

月色如水，漫过了街道，透进了窗棂。有泥土的气息从山上弥散，混合着林木的清香。

踱步而至龙润山庄，一排排的木楼静默着，宛如着素衣的女子，心中藏了很多的故事，静静地守候着背后的山林。中间有宽阔的场地、青石板的小径、青色的石凳，一切都像有生命的样子，但又都很沉静。

山风起，有点凉了，夜色凉如水。恍惚中，看见一个穿白衣的女子正坐在廊檐下的长凳上，长发飘然，神情肃穆，面前摆着一张古琴。女子低头拂过琴弦，琴声响起，像流水一般，很快浸润了院子的每一个角落。

月色和琴声交融，气质若兰，行云如水。原来女子也叫兰儿，从重庆过来避暑，35岁，喜欢古琴、茶艺、传统文化。原本是重庆一家企业的女老板。大学毕业后创业，很艰辛，也很成功。突然一日发现这山、这山庄、这山庄里的人，便请长假停留了下来，生意交由别人打理。她每天吃着简单的素餐，穿着简单的布衣，弹着远古流传下来的琴弦，只是为了找回失去已久的心情境遇。"放弃一些东西，成长自己。成功就是成长自己。在自己的公司，10年自主研发，生产销售，广告设计，在厂里待久了。身心很累，让自己静下来，回归大自然，回归心灵，感觉自己特别年轻。"兰儿如是言。

是夜，返身进入木楼，生怕脚步声惊醒了周围沉睡的小虫。房间很简单，木质的阁楼、雕花的窗户、蜡染的装饰。但是这一切却都在简单中透出高贵，原始而生动。

拧开水龙头，清冽的泉水有自然的味道。推开窗户，林木的气息便顺着木质的纹理渗透到鼻翼，可以很香甜地睡一觉了，仿佛回到故乡，回到了妈妈的怀抱。

清

几年前那个春季到龙润山，曾经在山后的小河边寻芳。

满眼青翠，间有山花灿烂其中。山下一条小河，清澈见底，有人垂钓。山那边，有一山，中有阳明洞，名震四方。

阳明洞又名东洞，是中国明代哲学家和教育家王守仁遭贬谪时居住过的处所，又是举世闻名的爱国将领张学良被软禁过的地方。洞口苔痕苍绿，藤萝密布。洞内宽敞明亮，可通往后山。四壁石乳凝结，洞口崖上有明代贵州宣慰使安国亨（彝族）题刻"阳明先生遗爱处"，右侧有明罗汝芳题刻"阳明别洞"，左侧有清庞霖题刻"奇境"等。洞外是长12米、宽9米的青石铺地的院落，岩坎边用青石栏杆围绕；院落南边石阶两旁，有两棵参天古柏，为王守仁亲手所植，称为守仁柏。

洞居栖霞山，亦名龙岗山。山上除阳明洞外，还有何陋轩、君子亭、祠等。何陋轩是王守仁初来修文时的居穴。王阳明常在此冥思苦索，传说《五经臆说》在这里写成。

山不在高，有仙则名。于栖霞山上眺望，四围山势清奇，状若青莲。龙润山毗邻先哲伟岸之地，自成一体。此处远离城市喧嚣，心境复归于这里的山和水，宁静怡然。

翌日晨起，走出木屋，空旷的院坝外，见一群眉清目秀的孩童或者吟诵，或者习武，或者攀爬，顿时觉得这山多了一份灵秀和生气。

随口问了一名孩子，叫蒋德好，十岁，来自四川资阳。想于此好好习武，长大当一名军人。另一个孩子叫王昊楠，十岁，来自云南昆明。师父介绍，他很能吃苦耐劳，由父母送来，以增强体能，防止生病。孩子说：自己成绩很好，就读于昆明莲华学校。去年国庆来的，练习武术，以将学到的武艺用到将来的人生中，长大想当一名医生。

秉承王守仁的哲学理念，四川女子龙人瑛来到这里，书写着龙润山新的传奇。她在这里开办武术班、养生场，把龙润山打造成现代人心灵中的世外桃源，而龙润山也被国家林业和草原局批准为国家级森林康养基地，在栖霞山后发出静静的光彩。

朝阳已出，爬上龙润山高高的石梯，听山风吹过，林海涛声响起，仿佛天籁。那时那刻，呼吸着清新自然的空气，心底却又无比沉静，想来，这便是花草树木精气神融入生命的本真！

那一场风花雪月的浪漫

曙色微露，星火渐退。天际一抹金色的光亮涂抹了黎明，我的视野渐渐清晰而生动：天空一碧如洗，群山辽远苍翠，鲜花姹紫嫣红……正值金秋，当旅游专列缓缓驶进云南大理车站时，天边那抹金色的光芒也同时辉映了我的心灵：大理，我的梦，我来了！

秋风劲吹，很冷。我裹紧了从昆明买来的天蓝色披风，衣袂飘飘地走出了站台。上关风，下关雪，苍山花，洱海月。大理，中国最浪漫的地方，你是那样牵动着我的神经，让我不远千里来追梦！

还有暮色。但是在晕红的朝晖中，苍山十九峰如玉屏般横陈开去，透迤出无限的遐思和风情。更有关口傲立的风车俯瞰着群山，在不停地旋转、旋转……有一个美丽的传说，相传有一个书生与一个姑娘相爱，引起了南诏国王的不满，就命罗荃法师把书生打入洱海，姑娘为救书生向观音菩萨要了六瓶风，想让大风把海水吹干，救出书生。谁知姑娘将风瓶背到天生桥时，不小心跌了一跤，一下子打碎了五个风瓶，所以风全聚在了那里。下关因此一年四季风吹不断，冬季风势尤为猛烈，又名"风城"。我仿佛听见了风车"吱呀吱呀"的呼唤，犹如天籁，震颤了大地的耳膜，也激灵了我的心湖。上关的风，或者轻轻柔柔，或者浩浩荡荡，丝丝缕缕，牵引着大理的思绪，吹皱洱海的一湖秋水！

秋水共长天一色。天空蔚蓝辽远，一如水洗般明亮、透彻，朵朵白云飘浮在浩瀚无垠的天宇，深情地凝望着那远山和近水。蓝蓝的天和青青的山投影于翠湖，生成一幅立体生动的画，我瞬间成了画里的人儿。洱海敞开宽阔的胸襟，深情地拥我入怀。游船势如破竹，直刺向海之深处，这袒露于高原之上浩渺无边的湖，不禁令人遐想万千。身后翻卷起朵朵晶莹洁白的浪花，也唤醒了我远行而来疲惫的心情，便感觉全身的细胞都是鲜活的、激动的。但最清新、最真切的感受，来自身边。听着洱海那个经典的故事和传说，我不禁肃然起敬，天宫那位美丽善良的仙女，她不但私自下凡与渔民青年成婚，还把随身携带的宝镜放入海底，助渔民打到更多的鱼，以至于宝镜在人们心中变成了海底的金月亮，积淀成洱海月撩动世人的情怀。品着白族姑娘送来的三道茶，我的思想游离到了幻梦中，洱海是一床柔柔的棉被吗？我就是那新生的婴儿，自由自在地在它的八景梦乡里遨游，随同那轮金灿灿的月亮在海中飘摇！

皎洁似水洱海月。融融月华辉映着青翠葱郁的苍山，托举出云岭山脉的主峰，逶迤出孔雀般美丽的十九座玉屏。其间渗出的十八溪清泉，潺潺而过大理的肌体，流经古城的千家万户，滋养哺育他们后注入洱海。山顶的皑皑白雪闪耀着圣洁的光芒，映照着一位白族金花妹妹高贵的灵魂。相传古时候一瘟神来到了大理坝子，有兄妹俩为解救村民，便到观音处学法，后施法把瘟神赶到了苍山顶上让大雪冻死他。为了使瘟神永不再生，妹妹就在苍山雪人峰上变成雪神，从此苍山才有了千年不化之雪！山间的白云时舒时卷，变幻无穷。大理故事中著名的望夫云就痴情地守望着洱海，玉带云则缠绵悱恻地与苍山相拥，它们演绎出一个个温婉多情的浪漫故事，如同苍山四季盛开的美丽鲜花，据说云南的八大名花（山茶花、杜鹃花、玉兰花、报春花、百合花、龙胆花、兰花、绿绒蒿）都能在苍山找到踪迹，它们装饰着每一个来到这片土地的人，也抒写着大理风花雪月的美好诗行。

诗之魂是苍山的蝴蝶泉。融融月华晶亮了泉水、美丽了金花妹、英俊了阿鹏哥。正是月上柳梢头，人约黄昏后的销魂时刻，他们从凤尾竹的深处走来，转过一块留有郭沫若墨宝"蝴蝶泉"的大理石碑，沉浸在徐霞客的那段关于蝴蝶奇异景象的日记幻梦中，在这个象征忠贞的泉边，丢个石头试水深浅的同时，早把两颗炽热的心相印在泉中。"迷离蝶树千蝴蝶，衔尾如缨拂翠湉。不到蝶泉谁肯信，幢影幡盖蝶庄严。"如此奇特的蝴蝶盛会和美妙的爱情相会，谁会不神往？！登上泉后的望海亭，极目远眺那山、那塔、那村庄和洱海，又怎能不动容和动情？！

谛听十八溪泉水的淙淙之音，徜徉在满是诗意的古城，踩在黎青色的青石街面上，眼光掠过青瓦屋檐和鹅卵石堆砌而成的墙壁，抚摸着廊檐下那口布满青苔的老井，里面盛满的是苍山的泉和向往洱海的浪：水之轻盈和灵动，也流淌出南诏古国浓郁的风情，韵化出大理古城妙曼的身姿。接过阿婆手中还氤氲着热气的牛奶卷饼，从一条条漫天而舞的蜡染民族披风下蓦然回首，凝视眼前擦肩而过的不同肤色不同民族的人们，从洋人街到博爱路到人民路，穿过九街十八巷，我触摸着大理古城的丝丝脉络，用心灵体验这座古城的行进步伐。

是夜，抖落历史的尘埃，在《希夷之大理》优美的舞台画面和幽深的意境中，我缓缓摊开一段古国的羊皮卷，穿越时空，穿越山川和草木，在大理古城的一隅，探寻南诏故地风韵，悠然品味巍山的空灵和秀美，神游那千古卓绝的爱情故事和一眼阅尽的风花雪月，仿佛听一位智者无言的诉说，我深深迷醉在南诏风情的洱海湖畔。

海浪声声，佛音渺渺，烟火袅袅。大理古城北，巍然屹立着大理南诏时期著名的王家寺院崇圣寺。放眼望去，拥有三阁、七楼、九殿、百厦之规模的著名佛都，建筑群起伏跌宕、错落有致，显得气势磅礴。它以宏大的建筑规模和精湛的建筑工艺将静态的佛教艺术与动态的佛教文化相结合，与古老的三塔、重建的南诏建极大钟、雨铜观音像一起，成为全国最大、世界著名和东南亚最具特色的佛教寺院，再现了当年"灵鹫山圣地，妙香国佛都"的盛况。

古城西北的大理三塔，守望着苍山，凝视着洱海。他像一位饱经沧桑的老人，见证着华年的流逝和古国的兴衰。他感叹着世事的无常，只在一世世的轮回中固守着心底的故事。妙香佛国第一寺的光芒，一如下关的雪和洱海的月，铭刻着大理佛国的历史。入得寺来，见人虔诚地一步一叩首，朝拜着心中的圣地，便觉心灵如沐清泉，顿时释然。夕阳下，洱海边，一个温馨浪漫的画面也永久叠印在我的心壁：一对远涉重洋的加拿大夫妻，千里迢迢来到大理，以一月三千元人民币短期租借了当地居民的房舍，每天最浪漫的时刻就是在傍晚骑自行车去湖边吹风！他们在这里流连，寻找东方古韵，成为一道别致的风景。

山之涯，海之角。铃儿声声响，牵动了马帮人的脚步，也惊醒了黎明的双眼，古驿道张开有力的臂膀，挺起胸膛，接纳着西行的汉子们，留下这片土地的雄浑与神奇。走过滇藏茶马古道上的重镇——大理，走过大理州境内的鹤庆、云龙、巍山、剑川等驿站，那一年的马帮早已远去，在渐渐模糊的古道上，只见乱红盛满深深的蹄窝，一年又一年……

沧海桑田，历史远去。今天三月街的人潮歌海，农历六月二十五火把节的狂欢、腊月农家喜宴上掐新娘的乐事、四月下旬绕三灵的俗美、八月十五将军洞庙会"找个敌人当本主"的包容，以及开海节的歌舞升平，剑川石宝山歌会的千年流芳，还有葛根会、花灯会、蝴蝶会、渔潭会、花朝节……一方水土养一方人。物华天宝的洱海，成了白族祖先的发祥地和摇篮。这个崇尚白色（象征圣洁高贵）的民族，却世代创造着五彩缤纷的历史文化、农耕文化和饮食文化等。苍山下，洱海边，白色的村寨依次透过大理民俗民风的格子窗，我看到的是白族儿女的勤劳智慧、善良包容，就连他们的穿戴也在诉说着民族的向往和品性：金花妹妹一顶风情万千的帽子，就是大理风花雪月的完美结合。

迷醉洱海，大理，一个来了真不想走的地方！

洛阳花开

　　梦中向北，有条澎湃的大河，在我的血液中一直奔流，星夜兼程，生生不息。

　　我自南方来，怀揣南橘、稻禾的青绿，和着长江之歌雄伟的音符，在季春枣泥和麦黄的清香中，行走在黄河的两岸。

　　因在郑州错过了仰望黄河惊涛拍岸的飒爽英姿，一路蜿蜒而来，行走在中原，我却无时无刻不在搜寻它的身姿和倩影。

　　车过洛阳。

　　只一瞥惊鸿间，一湾练绸般的大河淌过心田，也丰盈了我的眼眸。这是黄河？它是黄河！不见了迢迢征程的疲乏，消却了漫漫风沙的侵蚀，清澈、碧绿，如翠似玉。它更像一位风姿绰约的少女，怀抱琵琶，轻舞纱袖，浅吟低唱着，一颦一笑间，演绎着古都洛阳的温婉与多情。

　　最是牡丹多情季。试问华夏儿女，谁人不识君？那粗壮的根，那坚挺的枝，那灼灼耀目的花……它盛开在乡野，也盛开在阆苑；它怒放在粗纱上，也怒放在锦衣中；它映照着古瓷的光芒，也映照着今陶的色彩……它粗犷豪放在浣衣女的歌声里，也婉转吟唱在音乐家的曲谱中；它把春天涂抹得姹紫嫣红，也把百花园喷吐得满园芬芳。

　　欣欣然走进中华牡丹园，只待相逢那动人一刻时，不料却花去、意终！闻名天下的洛阳牡丹已经过了它开花的季节。就在一悲间，忽然惊闻仍有牡丹花开在洛阳。巨大的喜悦伴随着我，我像盛装出嫁的新娘，怦怦心跳着走进了花房。古都的人们秉承了祖先的智慧和才华，于花谢的时节，用自己的方式向世人尽情展现着牡丹的尊荣和华贵。在一间偌大的空调房里，牡丹依旧保持着春天的景致和场景，让我欢呼雀跃，让我圆梦洛阳。

　　洛阳留给世人的岂止那多情的一面，洛阳也是诗兴而禅意的。比如白马寺。因一匹马，而得一个寺。皇家寺院白马寺的佛教文化结合了中原的地域文化，佛像的雕刻也讲究精美的工艺和技术。仅那一尊尊端坐的雕像，你就

万万不会想到，初看高端大气厚重，实则竟是用薄薄的丝绸等物黏合而成的，稍稍用力就可以轻轻地端起来。巧匠们把本该粗笨的活儿用灵巧的丝线牵引，这一重一轻中诗意和才华毕现，禅意无穷。我去时，白马寺的牡丹已然凋谢，但是满地落红依然彰显着这里的气质和华贵。

古都的人文风情和历史，应该是在龙门寺表现得比较深刻。龙门寺虽然比之我家乡重庆的大足石刻，无论规模、数量和色彩都少了许多，但因为它特殊的地理位置和历史背景，这个皇家石窟还是显露出雄峻的身姿和面容，吸引大批的游客瞻仰和膜拜。本原色系的石窟静静地傍依大河，栉风沐雨，见证和述说着古都的历史。

一直以来，洛阳宫廷流水席代表着皇家的气场和奢华生活。金杯银盏闪，觥筹交错间，丽人华服翩翩飞，盈盈笑语满堂彩。没承想封建王朝的这一饮食习俗如今倒成了洛阳国家级非物质文化遗产的"三绝"之一，平民也可以享受这样的饕餮大餐了。当晚找了一个传统餐厅，吃着正宗的宫廷流水席，听着"太监"压低声腔宣上菜的声音，和身着古装华服的餐厅服务员留一张影，体味着古代贵人的高品质生活，那种幽默诙谐的气氛真的就让人觉得比美味还可口，今天的人生难道不是很幸福和快乐的吗？

回程。车再过洛阳，初见京杭大运河洛阳段，后见南水北调工程中原带。这水带宛如丝丝心雨，给春末的中原大地一片盛景、一片希望。眼前闪过一排排矮小的灌木丛，那是枣树，耐热，耐旱，不需要很多的养分，却能给予世间人们最舒心的甘甜和最温暖的滋养。我的思维在跳跃：它们就是那生长在黄河两岸孕育了中华灿烂文明的中原人吗？我不再沮丧，不再烦热，并诗情饱满地欣赏着眼里的一切。我从长江走来，行走在黄河的腹地。我细细体味着这片土地的多情和神秘，我贪婪地吮吸着它散发的芬芳和馨香。我原本是来书写中原大地撒落梦中一地明珠的散文篇章的，而我行走黄河之后，已经变成一名情不能自已的诗人了吗？

清明开封府

　　傍晚时分，双足刚踏进整洁明净的开封城，旅途的舟车劳顿烟消云散，心灵仿佛早已栖息在那城中河边丝丝墨绿的柳梢头，惬意，舒适。

　　开封是一个让我另眼相看的城市。它无所不在地透出当年登峰造极的古文化和辉煌的人文风情，从那一座座或者留真或者仿古的楼阁与牌楼就可窥见一斑。就连市中心卖小吃的流动摊位，也被打造成一座座非常精致漂亮的小阁楼，弥漫着诱人的香味和浓浓的文化氛围。看它们在街上游走，自成一道亮丽的风景。

　　因错过了清明上河园的游览时间，我只得沿着它的周边走，想要走进它久远的历史深处。清明上河园在我的念想中是繁华而昌盛的，因着《清明上河图》的描绘，我无数次在张择端的笔端和思想中睁大双眼，寻找历史的踪迹和风物。但满街的吆喝声、欢笑声、挑担的肩膀和打铁的背影到底是模糊了，渐行渐远渐离去。现实生活中，登封城款款地弥漫着现代生活的舒适和安逸，更多地注入了现代生活的时尚和华彩，在历史的印迹和声音中蜕变成一只美丽的彩蝶。

　　开封的包公府理所当然成了这个城市的又一张名片。森严的包公府中放着三把锃亮的大铡刀，我坚信每个人走过它们的身边，寒气顿生的同时，对黑脸包公的敬意也会油然而生，同时也会联想些什么。明镜高悬的开封府，映照出当年名噪一时的繁荣昌盛的国际大都市。

　　明镜可以正衣冠，也可以照出人们灵魂的洁净。"清明"应该是纤尘不染的，在中原大地上，有这样一个人——焦裕禄，他在诠释着这个词语的内涵。这个名字还在我年少时就已经被深深烙印进脑海，因为我的父亲邹平良——重庆市大足区邮亭镇一名最普通的党员干部，40年前，在他被提为前进社主任那年，在他不远千里远赴河南学习焦裕禄同志的精神后，他就处处以焦裕禄同志为榜样，为了解除缠绕在村民身上的贫穷和困苦，风里来雨里去，不

139

幸积劳成疾。因为一个很小的病耽误医治，他竟然无情地抛下了我们兄妹四个和孤独的母亲，赴黄泉而去，那年我才三岁。

如今我踏着父亲当年的足迹，真正踏上了兰考的土地，走进了焦裕禄同志当年工作和生活的地方。在纪念馆里，看着他音容宛在的遗照，看着他曾经坐过的那把破旧的有个洞的藤椅，看着他为这里乡亲父老所做的一切，我突然想起我的父亲，我努力找寻记忆中几乎没有留下模样的父亲，不禁恸哭失声。

兰考的盐碱地上，泡桐树已经长大成林。兰考的沃土中，春末夏初的金色麦浪一阵翻过一阵，和家乡八月天的稻浪可媲美。那也是我心潮掀起的海浪：父亲，若泉下有知，您就瞑目吧！

聆听，在鄂尔多斯博物馆

1

七月流火。我把自己变成鸟儿，抖落一地的酷暑和湿热，放逐思想和魂灵，于蜀地，飞翔。山侧目，水荡漾，花盛开，向漠北，向高原。

鄂尔多斯，在康巴什。青春山的风骨剑刺了我的心脏，乌兰木伦河的波浪翻卷了我的翅膀。草原上不落的太阳，耀亮了我的双眼，沐浴了我的身体，让我泊航。

山水共长天一色。在康巴什中心，在中心的制高点——鄂尔多斯博物馆，仰望苍穹，天的蓝、云的白，像草原飘来的蒙古包，裹住了我的心灵；泉流边，格桑花灼灼开放；广场上，有群雕石刻——一代天骄，成吉思汗。刹那间，大漠狼烟，铁蹄声声，辽阔的蒙古帝国，崛起的马背民族，让我匍匐在地。

我呼吸着大地的气息，感受着高原清风送来的凉爽，审视着一个新城的美丽，吸吮着远方牧人奶茶的清香，聆听着沙漠深处的驼铃声声响。

康巴什，一座高原自然的博物馆，生动地诠释着一个民族的华彩和乐章。

2

天苍苍，野茫茫。

邈远的天宇，飞来一仙碟，稳立康巴什中心，傲视寰宇。康巴什的白云笑了，清风歌唱了，小河弹奏着小曲儿，去向远方。

它犹如磐石，任凭岁月变迁，风云更替，战火硝烟……坚定地固守着一个民族的历史，倾诉着一段段感人的故事，呈现深厚的文化根脉。在高原上，它抒写着一个大气而响亮的名字：鄂尔多斯亿昌博物馆。

它拥有古铜色的肌肤、深邃的眼眸、博大的胸怀。在它的面前，我的呼吸不由得粗重，我的脚步不由得缓慢。我仿佛变成时光的巨人，而眼前流淌的是一条高原的河流，我想要打捞逝水的华年！

3

聆听，在鄂尔多斯博物馆。

听鄂尔多斯先民生活史诗般的吟诵声。看横陈的石刀、石斧、石锥、青铜器、陶罐……头发是乱的，身体是赤裸的，但是华夏民族的祖先，生活在这片天空下的蒙古先民，心却是一样的火热、情感是一样的奔放、音调是一样的高亢。哪怕茹毛饮血，哪怕食不果腹，哪怕风餐露宿！

听山与山的倾诉、河与河的交融、清风和晚霞的拥抱、自然和人类的对话、人与人的杀戮和亲吻。我忽然泪流满面，我看见时光的长河中，文明浸透了鲜血，文明高昂着头颅，文明在一路狂奔，文明在呼唤着远山，文明在风云际会中突围、新生，焕发光彩。

黄河流过的地方，有高原，有坦途，有沙丘，也有草原；历史发展的进程中，有战争，有和平，有鲜花，有荆棘。河套人及其文化、乌仁都苏文化、朱开沟文化、鄂尔多斯——青铜器文化……以及党项人、鲜卑人、匈奴人、蒙古人……他们像影像的镜头，在这里聚焦，在这里呐喊！

4

在鄂尔多斯博物馆，聆听凤凰涅槃的痛苦呻吟声，看一座新城的崛起与诞生。

历史的足音渐行渐远。先民的呐喊渐次微弱。我是一只高原的大鹏，正展翅翱翔。

看华灯初上，当晚霞染红天边的蒙古包时，康巴什流光溢彩。喷泉、音乐、舞蹈、歌唱……高原的酒文化、古城文化、红色文化、传统国学文化、体育文化、奇石文化、书画文化、钱币文化……在这里全新演绎。

亿兆一心，昌荣伟业。在鄂尔多斯，在康巴什，在一个汉蒙文化交融的"智慧博物馆"，一个个建设者正放飞心中的希望和梦想：铁西植物园罕台寺、铁西亿昌现代城博物馆、老东胜古城文化园、康巴什文化艺术园、康巴什酒文化风情街……在中国北方，成吉思汗的故乡，等待全世界的人们，相遇、相识、相知！

聆听，在鄂尔多斯博物馆。它像一条河流，载来高原的繁华和沧桑、文明与富强。

最美杜鹃花开时

井冈山之旅，是一场穿越时空隧道的心灵洗礼。诚如郭沫若所说："井冈山下后，万岭不思游！"

我逐梦井冈山，缘于小学课本中井冈山的翠竹、八角楼的灯光、黄洋界的炮火和朱德的扁担，更有那盛开的十里杜鹃花长廊。

清晨，一场新雨不期而至。雨霁初晴，空气愈发清新，阳光透过云层鳞隙，斑驳地映照山野，像一帧水墨画：雾岚在山腰袅绕，白云在山尖漫游。山冈，有成片的楠竹林，笔直修长，一丛丛，倚立崖畔，剑指云端；它们也穿过竹海的朦胧和幽深，淋漓尽致地显出雄壮伟岸的美。我双眼为之一亮，也醉心于这墨绿的山峰、青翠的林海；山风微微，送来些许清凉暗香，或许更美的风景，就在山的那一面。

曾经的井冈山翠竹，竹枝没了，还有竹根；竹根烧了，还有竹鞭！如今，远离了炮火的轰鸣，暗淡了刀光和剑影，经历战场的洗礼和检阅，它们在山林深处静默地生，悄然地长，以满眼的绿，凝成玉，温润着山魂。

群山间，一个现代化小城坐落于山谷，它是井冈山文化政治中心——茨坪。茨坪也有高高的楼、川流不息的车，却因"闲云潭影日悠悠"的挹翠湖扼守，而使它更显宁静和秀美，远离尘世的喧嚣。湖周绿树成荫，岛上山石谲奇，蕙兰争艳，山水亭阁相映衬。春风拂面，群山被染成了绿色，别有韵致地镶嵌在春天的画布上，茨坪仿佛刚从唐诗宋词的意境中走出来，正抒写着春天的缱绻和多情。茨坪的夜晚静谧而温馨，在一家江西老表开的餐馆里，喝着米酒，嗅着芳香，和着春意，在霓虹灯下，在色彩中，小城像一首温婉的曲子，滋润着心灵。

但是在井冈山博物馆，只有在这里，你的心灵才会受到强烈的冲击，你才会猛然间惊醒：脚下的这片土地当年真实地发生过什么！其中馆藏的三千多件文物，竟然有八百六十件是原件！一个个形象逼真的场景，一尊尊生动丰满的塑像，通过现代声光电技术的辅助，把一段历史真实地呈现在面前。跟着历史的脚步，走进那个枪林弹雨的年代吧：黄洋界保卫战的枪声响起来了；湘赣边界党的一大旧址会场中，毛泽东正在演讲，声音激越、铿锵有力；八角楼的灯光亮了……一个个口号，一首首歌谣，且看人们众志成城，同舟共济，让人心颤。第一个革命根据地不倒的丰碑，毛泽东、朱德等一个个伟人，从历史的长河中走来，向世人诠释着一种伟大的革命情怀、一种坚强的意志和精神。

"井冈山精神永放光芒！"那剑指霄汉的苍松翠柏应有情，是它们，日复一日年复一年地固守着茨坪的烈士陵园。无论你来自何方，不管你是什么口音，当你走过纪念堂、纪念碑和雕塑园时，都不会有丝毫的矫情和掩饰，都会深情地捧一束白菊，向英灵们深深鞠躬，以寄托默默的哀思和无尽的缅怀之情。这里，既记载着伟人们的丰功伟绩，也有一个大大的无字碑，涵括了那些默默无闻的英雄战士。北岩峰上，青山可作证。

不承想，山林中、稻田边、泥墙灰瓦的院落后，革命旧址群隐卧于此。毛泽东、朱德、陈毅等革命先辈曾在这里生活起居。在这里，他们运筹帷幄，骁勇作战；他们挑灯夜读，笔耕不辍；他们肩挑背扛，刀耕火种。他们让这里走向世界，镌刻进历史的丰碑。那弹痕累累的墙壁，不就是一位饱经沧桑的老人吗？正深情地述说着当年的故事。人们在毛泽东故居前的读书石旁合影留念，我想，他们留下的不只是自己的身影，更想带走伟人的灵魂和精神。故居的两棵红豆杉，几度枯又荣，好像历经沧桑的井冈山，是八角楼的灯光把它照亮，从这里走向朝阳。与革命旧址群相望，是守望在山间的一幢幢民房，漂亮的外观，显示出村民的殷实和富裕。一位太婆用山涧的清泉招待渴了的我，富裕了的井冈山人民，依然用质朴的微笑迎接远方的客人。

走过一段凹凸不平的石头路，看见几排简陋的旧房子，这是当年的红军医疗所。它们都基本保持着原貌，有红军手术用的简单医疗器械，有用木头或者竹子做成的担架，墙上竟然还挂着当年医护人员冒着枪林弹雨采摘的中草药。我真的不知道，有多少仁人志士的鲜血，就倾洒在足下的每一寸土地里。沿着当年红军采药的山间小道前行，曲径通幽之处，是绝美的水口瀑布。正是杜鹃花盛开的季节，万壑树参天，千山响杜鹃。山中一夜雨，树杪百重泉。

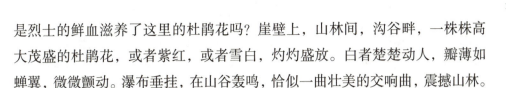

是烈士的鲜血滋养了这里的杜鹃花吗？崖壁上，山林间，沟谷畔，一株株高大茂盛的杜鹃花，或者紫红，或者雪白，灼灼盛放。白者楚楚动人，瓣薄如蝉翼，微微颤动。瀑布垂挂，在山谷轰鸣，恰似一曲壮美的交响曲，震撼山林。

这花的鲜艳涂抹着群山的色彩，从笔架山直到高耸入云的黄洋界。在石梯之上，当两旁的树林渐渐归隐于若有若无的云海时，是高高的炮台，是楠竹做成的钉子，是朱德的扁担，铭记着敌人的哀号声。在黄洋界之巅，凝眸远眺，罗霄山脉犹如天然的屏障，护佑着这一方土地的神圣。唯有杜鹃花，无论在舒缓的山坡，还是在幽深的峡谷，抑或壁立千仞的悬崖，都能看到它们不屈不挠的身影，与山风争鸣，与日月争光，与风雨抗衡，它们自由恣意地怒放着生命、灿烂着青春。传说敌人当年曾烧了这座山，但春天来临，杜鹃花又开遍了山崖，因此井冈山的杜鹃花又叫映山红。

星星之火，可以燎原，井冈山的美，就在杜鹃花开时！井冈山的杜鹃花何止十里长廊，它们那鲜红的色彩已经照耀了神州大地，从长白山到五指峰，从青藏高原到大草原……君不见：四面重峦障，五溪曲水萦；红根已深植，今日正繁荣。

千岛湖水之灵

"洞澈随清浅，皎镜无冬春。千仞写乔树，百丈见游鳞。"这是南朝人沈约描写新安江的著名诗句，也是我记忆中千岛湖的真实写照。诗韵里摇曳的湖乡柔情画面和清澈碧波，是那样的摄人心魂。江南好，风景旧曾谙。日出江花红胜火，春来江水绿如蓝。能不忆江南？

那是 2005 年酷夏，我有幸跟随川渝两地的媒体记者朋友们一起来到浙江淳安县，寻梦千岛湖清丽秀雅的迷人风光和一片醉人的清灵水乡。

骄阳似火，青山隐隐水迢迢。但只要把目光投向车窗外，一颗烦躁的心便平静下来。山野苍翠，蓊蓊郁郁；村庄齐整，富足安详。驶过一片稻田，正是谷禾抽穗的时节，丰收的景象就在眼前完美地绽放。

我突然想起在央视 4 套《远方的家》栏目中看到的当地村民庆祝丰收的场景：他们身着大红的衣服，吹着响亮的曲子，抬着用稻草捆扎的火龙，浩浩荡荡地从田间走过。同行的导游说，千岛湖汾口镇的草龙闻名遐迩，是省级非物质文化遗产，曾经"游"进上海世博会，引起轰动。草龙的编制和加工，有非常复杂的工序。每到中秋，村民们就用土材料毛竹、稻草、柴枝条扎成一条 30 余米长的草龙，并在龙身插上充满希望的香火，舞遍全村能到的每条小街、弄堂，家家户户燃放鞭炮躬身迎接，祈求吉祥和幸福。随着时代的变迁，这个习俗如今渐渐演变为当地的一项文化表演了。

我们向往的千岛湖是新安江水库淹没了 85 座山后形成的大小岛屿，共有1078 座，称为千岛湖。其中最大的岛为界首岛，面积 13.2 平方千米，最小的岛为龙珠岛，面积仅 0.0024 平方千米。千岛湖蓄水量为 178.4 亿立方米，湖水平均深度为 30.44 米，湖中岛屿森林覆盖率达 82.5%，年平均气温为 17℃，平均水温为 14℃。

傍晚时分，我们终于到了千岛湖，住宿于湖中岛屿一个幽静的酒店。青松林立，山风习习。风吹过，暑气顿消。苍松下，亭台前，看夕阳西下，夕晖涂抹了视野的每一个角落；湖面波光粼粼，像洒满了碎金；湖中岛屿星罗棋布，宛然玉盘里盛满的珍珠；夜鸟归宿，几声竞鸣间，整个湖泊就被青、绿和橙黄调成一幅绝美的画布，真是落霞与孤鹜齐飞！尘世的喧嚣不再，红尘的烦恼亦抛却，只想在这千岛湖中的一个岛上，变成丛林中的一片绿叶，与之长相守；抑或幻化成湖中的一滴水，潜进深深的水底，享受鱼儿们的爱恋和亲抚，与之永远共存。

是夜，直奔县城。宽阔的街道干净整洁，像水洗一般，又有鲜花和绿树点缀，生机勃勃，无不彰显江南小城独有的魅力与气质。广场上人最多，游客们来自四面八方，欢声笑语不断。秀水街上刚举行了泼水节。简单的音乐，简单的舞蹈，人们却群情激奋。我不知道是不是千岛湖的水，在瞬间激发了人们的热情，在远离都市的山之中，在暑气逼人的季节，以自己几十米之深的清透，酣畅淋漓地沐浴着人们的身心。

最令我感动的是来自千岛湖深处的鱼儿，它们聚集在县城的水族馆里，用最美的身姿，迎接着来这里游玩的每一个人欣赏的目光。千岛湖的鱼儿是离不开这里的水的。据说曾经有人把一批鲜活的鱼儿运到首都北京，但它们却并不适应当地的水质。后来有智者用来自千岛湖的矿泉水喂养，仅剩的数尾才得以存活。

领队告诉我们，千岛湖拥有 87 种淡水鱼，湖面宽的地方有 4000 余米，湖水最深的地方有 100 余米，最大的鱼达 100 多斤。在这样大这么深的湖中要多捕鱼、捕大鱼，必须采用巨网。人们秉持着生态环保的理念：巨网捕鱼只捕大鱼，漏掉小鱼儿，让它们自然回归江河。千岛湖巨网捕鱼被称为"中华一绝"。有丰富经验的渔民选好渔场后，便由两条大船带着巨网捕捞队数十条船和数十位渔工浩浩荡荡驶去。两只船队就像两条巨龙在湖中起舞，时快时慢、时高时低、时而摇头、时而甩尾，如蛟龙戏水般，千姿百态的场面形成了千岛湖的第一道亮丽景观。

渔船到场后，先在两头约 3000 米处各设一道 70 米高的栏网，称为封锁线。然后在鱼儿最容易逃跑的地方设立一个进得去出不来的簸斗网，也叫埋伏圈。最后在两道封锁线之间间隔有序地投下三层挂网，引鱼入内。在渔工投放三层挂网时，数十条船宛若少女在千岛湖这个大舞台上翩翩起舞，娇媚动人，形成了巨网捕鱼的第二道景观。

当鱼儿们进入簊斗网埋伏圈后，几十名渔工便开始慢慢收网。顿时，湖面水花飞溅，网内大鱼翻腾跳跃，群鱼狂舞，景象十分壮观。千岛湖巨网捕鱼，一网可捕数万斤到十余万斤的鲜活大鱼。无数条大大小小的鱼儿跳出水面，犹如水上的芭蕾舞精灵。青山绿水也因此而生动起来。

翌日上午，一层淡淡的雾岚飘绕在湖面上，千岛湖仿佛被蒙上了一层神秘的面纱。我们登上游艇，随着一声长长的汽笛声，直往湖中心驶去，我们要去取千岛湖最深处的水，尝尝究竟有多甜。不多时，我们就到了目的地。当工人从湖中心取出那清清的湖水时，甘甜的湖水浸润了我的心灵。我终于明白为什么从这里搬运出去的矿泉水会受到那么多消费者的喜爱。千岛湖的水是纯净的，千岛湖的人是淳朴的！

难怪海瑞会在湖中最美岛屿龙山上留下历史的印迹，因为有这里的水哺育滋养，才有他如此清廉的一生。山中寺庙三个挑水和尚的坟茔和传说，给这里的水增加了神秘和传奇。

溯流而上，去感受清代诗人黄景仁的"一滩又一滩，一滩高十丈。三百六十滩，新安在天上"的奇美景象吧！

我们还没到新安江水库的堤坝，远远地就听见了瀑布的轰鸣声。导游说以前整个上海都是由这里供电的，我就在想象千岛湖的雄壮和伟岸了，该有多深厚的水力，才能给这么多人以光明呢？据书载：新安江水电站建于1957年，是新中国成立后中国自行设计、自制设备、自主建设的第一座大型水力发电站。为此，淳安、遂安两县共淹没49个乡镇，1377个自然村，移民累计29.15万人。电站建成前，常因山洪暴发，江水陡涨，新安江两岸田淹房毁，人民深受其害。电站建成后，避免或减轻了下游30万亩农田的洪涝灾害。它是中国水利电力事业上的一座丰碑、中国人民勤劳智慧的杰作。

一路走来，我被深深感动：从库区迁移的人们，做出巨大牺牲后，依然在他乡创造着幸福，并传承着传统的文化和生活。千岛湖的水，滋养了这一方的土地，赋予青山鲜活的生命力；千岛湖的水，哺育了这一方的人们，才绘就这一幅美妙的江南水乡图。

虎山长城望丹东

在中国的地理版图上，有一条守望中朝万古友谊的鸭绿江，日夜不停地向东奔流着，绕过亘古久远的虎山、银杏满街的丹东城……不停地讲述着一段段悲壮的传奇故事，又不断地更新着两岸的四时风光与岁月，让古今相交、中朝融合。

丹东之重，在于虎山，山如其名，双峰对峙，亦称虎耳山。虎山地势险要，位于今丹东市东郊，是鸭绿江风景名胜区的一个重要景区，与朝鲜的于赤岛和古城义洲隔江相望，恰如山中猛虎躺卧江畔。虎山之威，始于明长城。《明史》载其"东起鸭绿，西抵嘉峪"，于明朝万历年间发端，成为明万里长城东端起点。

那个金秋，我从蜀地出发，于重庆江北机场乘机，在天津短暂停留，再转乘火车经大连到丹东。一路辗转，风尘仆仆而至鸭绿江，纵横大半个中国，只为登上固守中国北大门的虎山明长城，瞻仰它一统山河万里傲人的身姿，努力探索它关里关外的故事和传奇。

沿着鸭绿江，向虎山而行，江水如练绸，裹挟着北国的壮美，扑面而来。沃土之外，是一丛丛水草，丰美妖娆，叶片很长，浸润着诗意和芳情，也映衬着虎山长城的雄壮和巍峨。

秋阳铄金。仰望虎山，凛然屹立于鸭绿江边，平地孤耸，居高临下，镇守着中国的北大门。想当年金戈铁马，烽火硝烟中，唯有长城固若金汤，一如生活在这里的人，守望家园，守护着鸭绿江。

如果说威武的虎山是守望丹东的一名将士，那么明长城就是他坚固的铠甲。在虎山，在长城，我默数着足下踏过的每一块砖石，抚摸着带有烽火遗迹的炮台，找寻和想象着当初这里发生的一切故事。

远离战争的硝烟和炮火的轰鸣，长城内外，碧水云天间，是一幅水彩画：片片枫叶点墨成色；密密的板栗林，果实成熟了，骄傲地钻出叶子显摆；大爷赶着羊群，雪白一片，穿行在山间，牧羊曲也唱了起来，淋漓尽致地演绎着金秋的旋律；边境岗哨，持枪的战士身着绿军装，庄严神圣，在山林中分外夺目，成了长城内外最动人的风景……

登上峰顶，站在万里长城的第一个烽火台上鸟瞰，鸭绿江上，丹东的地理位置很特殊，它一边回看着身后的中华大地，一边望着对岸的朝鲜边境，抖落历史的尘埃，容光焕发地面向鸭绿江，气势昂扬。

在丹东，最让人动情处，是看鸭绿江水缓缓流过，断桥却无声地飞架南北，把所有的情感收敛，止步于自己孑然而孤独的身影，只待历史的铭刻和祭奠。

断桥之下是鸭绿江，对岸是朝鲜新义州。朝阳涂抹了江色，辉映着鸭绿江，江这边鲜花盛放，我的心情却很凝重，不敢快步。

缓慢攀上断桥，一步一个脚印。阳光逼人眼，但是我很清晰地看见了断桥的裂痕，似乎也听见了它断裂的声音，又仿佛触碰到它疼痛的骨骼。然而它并不曾喊痛，依旧不言不语，任凭江水冲刷、江石敲击，默默地伫望着两岸。

桥身为浅蓝色，意在祈盼和维护世界和平。桥上"鸭绿江断桥"五个金色大字，与朝阳竞辉。鸭绿江中，断桥像一位世纪老人，沧桑、睿智、包容、慈爱……它像一部老胶片，珍藏着岁月的烽火和炮声，印着中国志愿军的丰功伟绩。

桥上遗留的累累弹痕和桥头飞翔的群群白鸽，把战争与和平两个画面同时呈现在人们面前，令人感怀。天上的云在流动、地上的河在咆哮……一座断桥，一处守望，融入大地，汇成血浓于水的江河。那些平凡人的不平凡事，凝聚成奔腾的浪花，成为英雄最后的赞歌。

秋阳正好，滨江路人流如织，不断有人攀上桥面。我在断桥的裂痕处止步，回头看见了丹东的高楼大厦、金黄的银杏树、不息的车流……俯瞰足下，江流滚滚，更显断桥的气魄与活力。鸭绿江，在世界地图上它只是一个名字，而此时，在我的心里，它就是一部历史的鸿篇巨制，就像虎山的明长城一样，典藏着自己独有的东西，一个只有中国人才能懂得和珍惜的秘密，以及情感和思想。

断桥未断，于断痕处远望，它一头连着中国丹东，一头连着朝鲜新义州。江那边不可知，江这边却有江南水乡的古韵。

阳光倾泻，丹东城像一抹画布：鲜花簇簇，盛开在城市的每个角落；青

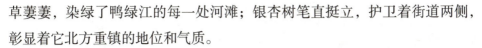

草萋萋，染绿了鸭绿江的每一处河滩；银杏树笔直挺立，护卫着街道两侧，彰显着它北方重镇的地位和气质。

虎山下的中朝边境，立有石碑"一步跨"，天南海北的人们簇拥着，于此留影纪念。山外，本地村民晒着太阳，烤着土豆、玉米，也烤着温暖富足的生活。

转过虎山，却见两岸江边水中站立着许多钓鱼人。原来中、朝有个不成文的约定：只要不上岸，就不算入国境。难怪中、朝两国人想到用这种方式垂钓，这成为鸭绿江一道别致的景观，也为对岸的荒野增添了些许情趣。

逆流而上，立于船头，红旗猎猎作响。船工告诉我，每年都会更换一面新旗，让它成为鸭绿江最鲜艳的色彩。此时我才明白：一条江、一座城，甚至一个国家的精神和魂灵，都烙印在丹东边境的每一个普通人心上，矢志不渝。

黄河口怀想

遥远的东方有一条龙，它的名字叫黄河。

梦中向北，有条澎湃的大河，在我的血液中一直奔流，星夜兼程，生生不息；梦里向东，有条腾飞的巨龙，气势宏伟，形体威武，鹏程万里。在天与海相衔之处，在地与海亲吻的地方，在江河扑进母亲怀抱的那一刻，在一个叫东营——黄河口三角洲的汀渚中，我的梦想就此延伸、拓展……

去北方，去西部！一梦四十年。我像极了一只织茧的蛹，把课本上、故事中、作文里的黄河片段，把江南所有的柔和美融化到对她的情怀中！我是她洒落江南的一滴水吗？就那样倾听着母亲河的心跳声，踏歌而来。从西宁往青海湖，沿着青藏公路探秘，"倒淌河"的路牌名字神灵般牵引着我。远处的雪山若隐若现，于高原五彩经幡颂歌后，圣洁得像一朵朵洁白的莲花。车窗外，片片白云飘浮着，在蓝空下优雅地忽而聚合又散落，骄傲地俯瞰着草原，亲吻着日月山；盈盈水光反射着蓝天，在草丛中碎银般闪烁，铺陈开去，竟然涓涓而成母亲河——黄河的源头！

那一刻，我张开双臂，跑过羊群，飞扑泉流。如同触摸母亲的额头，包括她的发丝、肌肤，还有心灵，以及梦想！雪山无言，大地无语，河流汩汩，我在颤抖：一条河的生命在此诞生，一条龙的脉搏就此律动，撼动了东海的心魄！

但龙的心事像高山，蛰伏在喜马拉雅，只静静地想着山里山外的世界。山外的世界又如何？在荒无人烟的高原，在寂寥孤独的荒漠里，在偶尔闪现的一棵或者一丛沙枣树处，从青海到甘肃，再到宁夏腾格里沙漠，沿着母亲河——黄河向下，我追寻着绿的色彩。

久渴的荒漠终于等来了一场绿色的"春雨"。当九曲黄河蜿蜒而至宁夏沙坡头时，江南的风情就一路摇曳而来。这里有稻禾的清香，也有枣泥的甘甜；有白杨林的婆娑，也有江南竹的丝韵……南北方风物和文化在这里交融。神龙仰首，遥望着贺兰山，我不禁沉思：经历了炼狱般的焦渴之痛，她之前方是一个个星罗棋布的湖泊——那也是精神和血脉的故乡和家园啊，她由此越发沉静和内敛了！

我自南方来，怀揣稻禾和南橘的清香，徜徉在黄河的两岸，沐浴着丝丝春雨，凝望一片盛景的中原，风吹麦浪，一阵又一阵。我满怀诗情地欣赏着眼前的一切，仿佛听见了龙的歌唱声。对，在那生机盎然的河心深处，是天与地、人与自然的和谐交融；是河与海的对话，是一场梦想与现实的契合。

我倾听着她的声音，濡染着她的气息，和她一起积蓄了全部的能量和梦想，就那样追逐着海的深蓝，朝着太阳升起的地方，飞奔而来。看吧，一条村庄之上的大河，一条腾飞在中华大地上的巨龙，就在视野不远处，时刻准备着最后的冲刺了！

诗意氤氲的东营市黄河口三角洲，一片石油之花闪烁的海上热土，一个丹顶鹤飞来又舞去的芳洲，我看见巨龙迷离的眼神明亮了起来，蛰伏的身段欢畅地扭动着，片片鳞甲镶嵌进一座五彩的芳洲，等待着与海的相拥和亲吻。

许是心之灵性使然，鹤们突然兴奋起来，从那边飞翔而来；深蓝的海水拥吻着渔船，惊起一两只懵懂的小鸟儿；无边的芦苇叶层层叠翠，一重一重蔓延开去；彩云见状，羞赧凝眸，与远海深情相望；海的心魄不禁一颤，清晰地投下雄壮的影子。这迢迢奔袭而来的大河，这飞舞在华夏大地上的空中巨龙，抓住时机，瞬间与海连为一体。

刹那间，这河、这大海，交相融合，浑然一体，构成一幅立体生动而和谐的黄蓝画面，晶莹了我的眼眸：梦中的三角洲积蓄着中华大地的灿烂文明和悠久历史，似一朵花儿在我眼前完美绽放。中华民族的母亲河——黄河，从远古到现在，从历史到今天，不畏艰辛一路跋涉而来，承载着太多的梦想和追求，饱含着太多的苦痛和泪水，终于让理想之花在这里盛开，让丰润的思想在这里生根发芽。

伫立黄河口，我细细体味着这片土地的多情和神秘：我看见了倒淌河边歌唱的牧羊人，看见了黄河岸边植树播种的英雄们，看见了不屈不挠修筑天路的西部人，看见了黄河口高高井架上的石油工人……他们又何尝不是凝聚的血脉，像中华大地上空腾飞的龙。

我知道，那时我的血液中终究是长江和黄河已经把梦圆在一起了。

在朝鲜新义州的一天

一大早，我们就在中朝边境站，排着长长的队伍，依次接受中国海关的安检。按照规定，到对岸，手机是坚决不能带的，相机也只能带卡片那种。导游叮嘱：到新义州后，切不可多言多语，不要乱拍照。之前有个游客不听规劝，说了几句不该说的话和拍了几张照片后，被当地军方逮去关押审查了好久，还被罚款三千元。

过了安检，我们终于坐上了朝鲜派来的旅游巴士。朝鲜导游是个年轻小伙子，一上车他就非常自豪地介绍自己是平壤大学的毕业生，刚被分配到新义州一个旅行社工作。原来朝鲜旅行社从业人员都是政府机关干部。

我们的目的地是朝鲜第二大城市——新义州。目之所及，新义州的楼房楼层都不太高，中国导游说一般超过四层自来水就压不上去了。楼房外壁是用白色的石灰涂抹的，有些地方已经剥落，看起来显得陈旧和凋敝。街道上行人极少。没有车流和人流，偶尔可见一两个人着中山装或者素衣布裳，骑着自行车过去，不过脸上洋溢着幸福和自豪的笑容。道旁的田野里，没有劳作的农民，却有弯腰垂挂等待收获的稻谷，但是那稻穗很短小，一定不是我们乡野间可以丰产的杂交水稻！

我们首先到的是金日成纪念馆。在朝鲜导游的倡议下，我们每个人买了二十元人民币一束的鲜花，敬送到有金日成塑像的纪念碑前。在参观金日成纪念馆的过程中，朝鲜讲解员以极其慷慨激昂的言辞，颂扬着自己祖国当年领袖的丰功伟绩。每个工作人员的胸前，都佩戴着朝鲜当前最高领袖金正恩的头像，有的还佩戴着金日成和金正日的头像。

我们随后来到了新义州最大的机关幼儿园。小朋友和老师穿着传统的节日盛装，带着浓郁的异国风情和质朴的笑容，温暖每一个人的心怀。挂满彩球的舞台上，孩子们一边拉着手风琴，一边跳着欢乐的舞蹈。其中高潮剧目是一个小朋友扮演老虎，另外一个则扮演勇士。经过一番英勇的搏击，老虎最后死于勇士之手。原来老虎就是美国。

据说，朝鲜招待每一个中国游客的午餐规格都是很高的，因为注重国际形象。朝鲜的中国餐厅的服务员一般都是国内的高干子女，拿的是国家工资。她们长得非常漂亮，个个能歌善舞，席间还和我们对唱和舞蹈，显示出热情妩媚的一面。餐厅的一楼是针对中国游客开放的小卖部，美女售货员也都是国家干部，按时上下班，当然营业收入也全部归国家所有。虽然朝鲜一般干部一个月的工资也就相当于人民币40至50元，但是那些商品的价格绝对不便宜，相当于国内的价格。同事买了一件朝鲜族小姑娘的服装，就花了两百多元。我们每个人都买了一条或者几条据说是金正恩领袖才抽的香烟，价格是两百元。餐厅外面有卖熟鸡蛋的和烧烤肉串的，也都是国家工作人员在从事旅游产业的服务工作。其间我不小心对朝鲜导游说了一句：你看，我们买了好多东西，你收入应该不错吧！哪知道对方一下子翻了脸，立即正色道：我们不拿回扣的！

餐后大家到了一个很空旷的野外开阔地，路中央矗立了几座巨大的宣传标语栏，其后站立着朝鲜三代领导人的塑像画。正是收获的季节，野外的山坡上偶有苞米和菜蔬，数量却很少。当我们走进新义州最大的公园时，阳光暖暖地照着一对正在这里拍摄婚纱照的新人，这可能是一天中我们见过的最亮丽动人的风景。公园里三三两两的市民在游玩，他们或者荡秋千，或者悠闲地踱着方步，每个人的脸上，都释放着一种闲适的表情。朝鲜导游说，这个城市没有菜市场，没有商品店，所有的东西都是国家统一发放的，包括房子。

傍晚，依依惜别鸭绿江边鞠躬致谢的朝鲜姑娘们，中朝邦交的情谊江水一般潮涌心海。再次回到丹东，回到酒店，享受着丰厚的物质文化生活，我们每一个人的心里，都有一种不可名状的暗流在涌动：更加珍惜自己的生活，更加热爱生养我们的祖国！

浪漫普吉岛

也许注定我内心奔流的血液是永远激情满怀的，喜欢折腾一向是我的本性，这不，春节来临，因为上次元旦西岭雪山游人打拥堂的沉痛教训，我决定带领全家到国外过一个不一样的新年。在我的倡导下，又有几个平时玩得好的家庭参与进来。

马上联系旅行社，权衡再三，货比三家，充分发挥自己平时工作的优势，很快锁定重庆一家旅行社，敲定出发计划，火速召集几家人办理护照等出国事宜。2月4日之前，一切办得妥妥帖帖的。

4日一早出发，先在西南大学接到从老家送来的女儿，一行人直奔统景温泉。泡了两个小时的温泉，午后四时许，一行人浩浩荡荡直奔重庆杀牛场火锅店，吃了火锅，直奔机场。审护照，过安检，过海关，晚上8时30分，终于坐上泰国飞来的国际航班。

我目不转睛地盯着泰国的空少。空姐也过来了，我对她说这个空少真帅。空少居然不好意思地脸红了。然后我就和老公一起开心地笑了。

几家人的浪漫旅程由此开始。

飞机直飞普吉岛，三个半小时的时间。入住泰国酒店的时候已经一点多。唯一的感受就是时间已经提前了一个小时，真爽。气温直升，真好。酒店的鲜花和椰林来不及欣赏了，沉沉进入梦乡。

翌日一早起床，直奔泰国大陆。车程一个半小时，这是最长的旅程。路两边椰林成片、橡胶树成林。但是电线杆也成林，电线蜘蛛网一样密密麻麻的。司机和我们香港的一样，全部坐在右手边，车行在左边，看车流滚滚而去，很不习惯。下得车来，坐汽艇到浪漫的007岛。听说《007》电影就是在这里拍的，但我们午饭后才去。午饭在海湾的一个阁楼上享用，很有异域风情，我是极为喜欢大海的，所以边吃饭边看着窗外的大海，听着脚下浪涛声，很是心醉。

到了 007 岛，划了 10 分钟的小船，首次给出 50 泰铢一个人的小费。导游说泰国做啥子都要给小费，之后几天的行程证明，他一点都没有撒谎。10 分钟后火速奔赴 007 本岛。我用手指着岛，先生给我照了张照片，然后一行人被火速送回橡胶林。然后我们又坐上大象绕着橡胶林转了大约 10 分钟，看了橡胶树怎样出乳胶，又看了小象和小猴子的表演，接着直奔主题，下一站：人妖表演。

据说这里的人妖是泰国最好的人妖。我的谜一直像线团一样缠绕心间：人妖总有一个地方不像女人！但是整场演出结束后，哪怕在广场上近距离仔仔细细看他们，都像女人，而且比女人还女人，我顿时泄气。

翌日一早起床，直奔情人沙滩。这里的沙子真细腻，白白的，踩在脚底软软的，我都怀疑是不是沙子，怕是从我们新疆偷出的棉花？先生一点儿也不浪漫，不知道跑到哪里去了，下了快艇就不见人，害得我拍照片都找不到人。所以半个小时后上了快艇，最后导游把他找到的时候，我呵斥他一点浪漫情怀都没有，大家哄堂大笑，之后的几天他老实了好多。

最吸引人的是沿着郑和下西洋的海岸航行，静静地，海水蓝蓝的，像宝石。燕儿聪明极了，把窝巢筑在这里，经过皇家燕窝场的时候，看见工人正在搭脚手架，听说燕子对金属等东西过敏，所以取燕窝只能用木头搭的支架。皇家真好，今天从这里过一下，下辈子指不定能投胎到那里！然后到了皮皮岛，游泳！据说这里水浮力很大，沉不下去。但是导游的话一般只能信三分，我穿上游泳衣，一下就呛了好多海水，有点咸，味道一般。之后去了什么地方不清楚了，潜水，戴上氧气罩看海底世界。我一下去就怕了，幸好在船员的帮助下迅速扫描了海底世界两三秒，五颜六色的鱼儿游来游去，终生难忘！

大约好玩的就这些，之后都是惨不忍睹的购物，大出血本，不忍回视！也不忍心再记流水账下去，节约纸张，就此打住。下次去泰国，我要自由行！！！

第五辑

向着太阳

生命需要歌唱

他有一个很响亮的名字，也有一副魁伟的身躯。

他曾在烽烟阵地运筹帷幄，也曾在文字海洋遨游四方。

他是一名军人，是川东北这个城市消防支队的政委；他是一名词作家，在全国夺得许多大奖，当地晚报曾专门做过人物报道。

第一次和他相识，是我在晚报当记者的时候，报社派我采访驻地消防部队一名英勇的战士。这名战士在这个城市的许多次火灾中，冒着生命危险，抢救人们的财产，保护人们的生命安全，受到群众赞誉。

我打了消防支队政委的电话，请他安排这名战士接受我的采访。没想到在办公室和政委初见面之后，闲聊中竟然得知他喜欢写歌词，而且歌词写得极美，那时刚好拿了一个全国大奖。我是极喜欢歌唱的，崇敬之情油然而生。政委给了我几篇文章，而最打动我的，还是他的那一篇散文，内容是描写兄妹情谊的。还记得其中一个情节：冬天他去水田里赶鸭子上岸，因为天气太冷，他不舍得年幼的妹妹下田……手足情深，点点滴滴，不禁让我想起了我英年早逝的哥哥。恍然间，我就很亲切地觉得他就是我的哥哥。

采访了那名消防战士后，我又认真地采访了政委，并且饱含真情地写了一篇人物报道，名为《荧屏里飞出欢乐的歌》，作为晚报副刊文艺版头条被推出。从那以后，我们真的就建立了兄妹般的情谊。很多时候，他会约我和几个好姐妹一起喝茶，给我讲他和他妹妹的故事、他和女儿的故事、他和文字的故事、他和嫂子的故事，全然没有一位领导的高傲和冷峻，感觉就像邻家大哥。

那时候我觉得他是快乐和幸福的，意气风发，就像那名英勇的消防战士一样，火里来火里去，热爱自己的事业和亲人，肩负着社会的重任和亲人们的厚望。这样的情绪感染着我们所有人，直到他退休前（离开部队时，他选择的退休，不是转业，那时他正当中年）。

但是谁都不知道，人生的列车会偏离一些人原来的生活轨道，向着不可预料的地方驶去。政委退休后很快就消失在了人们的视野中。很长一段时间，他都不再和我们往来。听嫂子说，他把自己封闭在一个狭小的空间，每天和孤独寂寞相伴。

就在昨天，几个好姐妹相聚，突然听说他生病了，而且很重很重。一个姐姐说，他曾经魁伟的身躯迅速消瘦，现在只有八十几斤，身体的几个脏腑器官也被割除。一向坚强的他，坚决不让嫂子说出自己的现状和实情，但是我们都知道，他很清楚地知道等待自己的是什么。

我突然泪如雨下。

生命需要歌唱。无论何时、何地！不管在华丽的舞台，还是在转角处的旮旯；不管在滩涂，还是在高原；不管在顺境，还是在逆境，永远不要停止自己的音律，永远不要让休止符止住自己的旋律。

这是我寄予每一个人的希望，歌唱吧，人们！

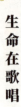

笔在情

倘若山有情，那今晚的西山应是雨泪纷纷；倘若嘉陵江有爱，那今晚的江水定然寂静无声；倘若果州有义，那今晚的星火一定璀璨耀眼……

山无语。江无言。花开无声。

老师，再一次走到您身旁，透过簇拥的鲜花，看您安详和蔼的样子，我宁愿相信您是真的睡着了！那么，公元2015年5月3日，当清晨小鸟的啁啾婉转在您窗前，当喷薄而出的朝阳暖暖地铺陈在您的笑脸上，我就会看见您波澜不惊地走过风走过雨，走到世界的另一边！老师，您就带着人世间的所有，包括悲欢和哀愁、欢乐和痛苦、爱恋和幸福，以及病痛和折磨，还有您深爱的文学，像云彩一样，在另一个世界里，依然云卷云舒吧！

老师，您或许就是上苍飘来人间的一朵白云吧！以淡然的心志和色彩，凝注丰富的情感和思想，带着雨露的问候，泊在一个叫南充的港湾。难道不是吗？这块广袤的土地滋养了您的生命，见证了您的昨天和今天。您敞开心扉，用心中喷涌的真情，抒写着对这片土地的挚爱。一草一木皆是诗，一山一水画中来。《看云楼随记》，将永远铭记四川南充一个叫萧红涛的散文家，积淀着川东北大地的物华和风貌：比如北湖的桂花树、嘉陵江边的春草……

老师，您就是嘉陵江边那一株迎风卓然而立的春草吗？有大自然最真切的色泽，根植沃野，默立山冈，不与山花斗艳，不与大树争高。但您却把一份傲然和刚烈，写进春风，诗意人间。时间定格在1994年，当无情的病魔像疯狂的野兽，狞笑着向您扑来时，您本是一介书生，手无缚鸡之力，谁能想到，一个散文家的微笑和真诚，竟然让病魔退却，一路走来二十年。

老师，您的微笑就是人世间最美的花朵，盛开在每一个和您相遇的人的心怀。当我还在南充晚报社当记者时，老师已经是报社的主编。但每次和老师相遇，您总是把一缕真诚的微笑送到我身边。当我以一个文学爱好者的身份给老师打电话时，身为《南充文学》主编的老师，您总是以爽朗的声音，像高举着的灯盏，照亮着我努力前行的路径。

当我看见衷铭怀念老师的《见一次少一次》，竟然顷刻间泪盈满眶。见了很多次，最后的一次清晰依然。在市驻春路一个野生菌火锅店里，和市里的几个作家老师吃饭。"你多吃点，身体要紧！"老师用慈祥的目光深情地看着我，然后不停地往我碗里夹菜。

近在咫尺，我却再也不能看您亲切的笑脸。就在身边，我却再也听不见您亲切的语音：多吃点，长胖点！哀乐声声，长歌当哭！当李一清老师哽咽着，语不能成句地述说着您的风华才情，您的真诚和友善时，我们所有的人都终于明白了：萧红涛老师，您，是真的走了！

山怎能不多情？水怎能不容爱？看那一滴滴晶莹的泪珠，看那一篇篇伤逝的诗文，老师，多么希望您是真的化作一片白云，在山水的另一边，依然放着光彩！

立春断想

春来到，花开又一年。仿佛一夜间，春雷响了之后，春燕呢喃，春草蓬生，生命在每一个角落里都焕发出蓬勃的生命力。春天的风在吹，春天的风筝飞得特别高，飞得特别远，仿佛要和空中的鸟儿比高，要和云中的飞机媲美，努力向上、向上……看看谁的生命更让人感动和温暖。

春天的阳光暖暖的，一点都不做作，但是也不张扬，像一个慈爱的老人，就那么温馨地从天宇洒向人间，让世间万物都感受她的美好和美丽。春天的雨滴也是轻轻柔柔的，像牛毛花针洒落下来，像个小姑娘在大地上认真编织着锦衣绸缎呢。

随着阳光，随着风儿，随着雨滴，就这样慢慢地，春天的讯息从各个角落、各个空间涌出来，悄悄渗透到每一个人的每一个细胞里。

就是在这样一个春日的早上，我独自醒来，推开窗户，看见小区里的花在笑、草在生、鸟在鸣、人在闹……仿佛不曾经历过黑夜，天地之间就这么一直热闹和温暖着。

在这样的一个早晨醒来，忘记梦中的故事场景了，只看见阳光暖暖地铺满窗台，小狗儿在床边打着滚儿，多么幸福和快乐。

可是同在这样一个春日的晚上，望着外面魃魅的夜空，没有星星和月亮，天空黑得可怕，这让我感到孤独和忧伤，一时间，我想了很多，以至于久久不能入眠。我想那一阵那一刻，肯定有很多人在聊微信、在玩电脑、在嗨歌、在打麻将、在喝酒、在跳舞……

因为我的微信这几天不太平。看着微信上一个朋友的头像，看着时光凝滞在他47岁的年纪,我的心像被掏空一样痛苦和难受。其实我从不曾和他谋面，他是山东杂志的一位主编，只在逢年过节时问候，但是谁能理解在元宵节还能给你发祝福，却在第二天就突然到另一个世界去的痛楚呢？生命就是这样，有时你觉得无比强大，其实有时它就是一粒沙、一滴水、一个瞬间就可破灭

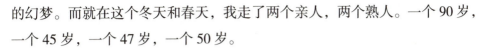

的幻梦。而就在这个冬天和春天，我走了两个亲人，两个熟人。一个90岁，一个45岁，一个47岁，一个50岁。

走了的90岁的那个人是我的大姨，十几岁出嫁，生了一大堆孩子，一辈子相夫教子，过着简单的生活，有简单的心境。和当地很多农民一样，她每天自然地晒着阳光，幸福地种着花草和稻粱。

而三个中年男人事业比较成功，社会地位都还不错，我不知道，是生活的压力压垮了他们，还是心里的欲望澎湃了他们的心境，至于那么早就离开了世间？

春天的花谢了还会再开，春天的太阳每天都会升起，春天的鸟飞了还要回来……而人呢，为什么走了就不会再回来？这个春天，我一直思索着这样的事情。

仿佛就在一转眼间，人到中年。不管承认不承认这个事实，都已是铁定事实。就像人生的四季，春天已经不再。虽然有太多的不舍、太多的不安、太多的焦虑，甚至对岁月的恐惧，时间还是像车轮一般不由得你思想和顾虑，自己往前滚动着。

所以唯一能做的事情，就是闭上眼睛，与岁月同行，并且歌唱着，把每天都当作生命的春天来珍惜。

不能太看重金钱了。没钱是不行的，但是钱太多了就是负担了，我以为是这样。所以先生打电话征求我的意见，珠海一家航空公司欲出重金把他买了去，先送到美国培训一年。我坚定地说：不卖！真的不卖，我不想当富婆，也不想住进大别墅开大奔驰，我所需要的，是那种真实的能看得见情感的生活，比如感冒了有人递过来白开水，生气了可以找个"出气筒"。

不能太挥霍健康了。身边的亲人和朋友，走着走着就不在了。就在今年春天，我眼睁睁看着那几个熟人和自己的哥哥离开了世间。还有什么比这个更让人感怀和心碎？世间除了生死，其他都是小事。这是我现在对健康这一概念的唯一理解。珍爱自己的身体，也就是珍惜家里的亲人，对家人负责。

不能太计较得失了。所谓的功成名就和名利欲望，在生死面前，又算什么呢？该来的来，该去的去，得之我幸，失之我命。不再忧郁和伤心，也不再抱怨什么。每天，我都是开心的、快乐的，这就够了！

最后明白，自己只有在家里，才是核心和最重要的。谢谢亲人的相陪，可以一直纵容我的缺点；我是这样地爱着生活，爱着自己和家人。

就这样优雅地与岁月一起，慢慢老去！

残阳如血，血色黄昏中，静静地凭依桥栏，凝眸远望，便见小山黛绿如青藤，爬满我的心壁，一条玉带般的小河流过小镇，在街尽头系一个漂亮的结后，又缓缓东流。

街头傍依小镇，并和镇中学相连。学校褐色的围墙边，盘曲的石径上，几棵苍劲的古树中，露出飞檐翘角的一隅，以及那袅袅升起的淡淡香烟。

一场新雨后，我又散步至桥头。

桥上坐着几个悠闲的垂钓者，其中便有小学的梁老师。由于下了点雨，鱼儿较多，鱼钩甩下去，少顷，便有浮子晃动。

我便蹲下来，一边看他们钓鱼，一边和他们闲聊着。

雨后，空气清新怡人，若有一缕幽兰的清香。河面有打鱼的轻舟泛过，河岸碧竹青翠欲滴；古庙里，传来悠悠的钟鸣声。

"小镇风景好好。"我由衷地说。

"您刚分到这儿来教书，您不知道，以前还要好些……"

"喏，那边。"梁老师熟练地取下小鱼，扔进篓里，用手指了指桥墩左侧，然后饱含深情地说，"那里原来有一棵很大的黄桷树。灾荒年代，人们都采它的嫩叶来吃。我们小娃儿成天在树间嬉闹，有时又从树干往河里跳，像猴子一样。酷热难耐的夏天，人们又都跑到树下来乘凉。"

我见过这样的树，冠盖如云，根须似虬，大多生长在石头的缝隙里。它们粗壮的干，恰如一张老人饱经风霜的脸。

"那后来……"

"先前，这桥是土桥，常被淹没，后来改造成石桥，把那树砍了。"

"我也听说这儿有棵大树，爷爷给我说的，可是我没见过。"

旁边一个小男孩插话道。

我忽然想，黄桷树的枝干，或许早做了某栋房梁的一根，抑或在熊熊的火炉中，温暖了别人的心房后，化为一捧灰烬。任凭时光如眼前的流水悄然而逝，但苍劲的古树，却永远留在了人们的记忆深处。在小镇这帧优美的画中，它成了一道永不褪色的风景。

我相信，人们走过桥头，会看到古树临风，不在地上，而是在心中。

人生，莫不如此古树！

2010年的国庆节，我再次悄然走进小镇，老街依然，小河依然，学校依然，但梁老师多年前因病去世，很多当年的同事都已离开那里。物是人非，不禁悲然涕下。

马兰花开

岁末，时令大雪。朔风呼啸而至，望长城内外，中华大地白茫茫一片。山不言河不语，鸟儿飞绝，虫亦无声，了无人迹，仿佛天地封冻。

一个人，静静地，围炉烹茶，手捧卷本。书韵悠悠，茶香氤氲。大雪有三候，分别为鹃鸥不鸣，虎始交，荔挺出。"荔挺"为马兰草，即马兰花，还有马莲、旱蒲、马帚、铁扫帚等多种称呼，俗称台湾草。据说马兰花来源于台湾地区，耐寒，耐旱，同中国东北的乌拉草和南美的巴拿马草齐名于世，被称为世界上的"三棵宝草"。

看窗外，雪花漫天飞舞，仿若白色的精灵，来自天宇，铺陈山川五岳，又潜入大地，涵养旷野。大地银装素裹，河面冰层在加宽加厚，花木失却了颜色，天地间，一切静寂。可室内，沸腾的茶水却撩动了我的心思，想想在这静寂的白色天地中，在厚厚冰层的桎梏下，却有一股不可挡的热潮在涌动，那就是马兰花在汲取着天地精华，感受着春天的召唤，努力挺出冰天雪地，以待芳华再现。我的视线不禁随雪花无限延伸，思维和想象的空间也由此拓展开去。

去年春天，我行走在宁夏大地，走进了最能代表"江南梦里水乡"风姿绰约的塞上著名湿地公园沙湖。

春光潋滟晴方好。正午的阳光暖暖的，沐浴着公路边盛放的沙枣花袭来的醉人的馨香。和风也送来鱼塘略带腥味的空气，融入我身心的便是鱼米水乡的家乡情。我贪婪地注视着眼前的一切，绿油油的苞谷、才露尖尖角的小荷……风吹叶动，忘记了风沙的侵蚀，忘记了荒漠的刺痛，只想朝着前方自由游弋的白云奔跑，融化在这一方天地中。

白云下面就是沙湖了。

湖边有一蓬青葱的草叶，尖尖的、密密的，连成片，中间是蓝色的小花朵，犹如星光般点点闪烁。"那是什么花啊？"我不解地问。"马兰花！"本地人说。

呵呵，那居然是马兰花，我俯下身子亲吻着小花朵，像久违的亲人！"小皮球，香蕉梨，马兰花开二十一，二八二五六，二八二五七，二八二九三十一……"我手拉皮筋一边蹦跳着，一边歌唱着，这是童年的记忆，很温馨。那时候的我做梦都不会想到，在南方的竹林里唱着马兰花，有一天我会到北方宁夏的荒漠之地和它邂逅！

我的心灵顿时温润如玉，仿佛有一丛丛翠绿的马兰花在生长、在簇拥。那天我走过沙湖的栈桥，你猜看见的是什么景致？几座金黄色的沙丘！沙丘中间，是青草翠微的湿地，蓝莹莹的小花朵星星般闪烁，那应该就是马兰花吧。远处，贺兰山的脊骨若隐若现。那山，那丘，那湖，那花和树，就这样完美地构成一幅立体的水墨画，诠释着塞上明珠的风情。而那些赤足奔跑在沙地中的孩子们，则是天地中最动人的风景，他们来自世界各地，拥有不同的肤色和语言，但是所有孩子都快乐地融化在这一方天地里。贺兰山下，南北方风物也在此交融，演绎出浓浓的中华风情。

滚滚红尘，风沙漫漫，何尝不是眼前这一幕变化多端的场景。追忆逝水年华，儿时刻骨铭心的记忆，不可缺少的还有露天影院带来的欢乐，或者爱恨。抚摸着马兰花长长的叶子，我想起了一部叫《马兰花》的电影，它占据着我整个童年的记忆。"马兰花，马兰花，风吹雨打都不怕，我要你马上就开花！"至今仍然记得影片中的几句台词和片段，那纯洁无瑕的花朵，只要面对邪恶势力，它就拒绝开花；相反，面对美好，它却义无反顾地倾尽芳华！忠诚和道义，善良和邪恶，就这样播种到了我幼小的心田里。

今天的马兰花，根植于贺兰山下，生长在黄河岸边，长长的叶片舒卷，编织着新的故事和传奇。我不知道它们的踪迹会遍布祖国四面八方，甚至到了北方之北和南方之南。

同年夏天的一天，追寻着《鼓浪屿之歌》的音符，我有幸到了福建厦门。海风、椰树、帆船、浪花……午后，太阳炽热，我走进鲜花盛开的鼓浪屿，走过长长的小巷子，在一处青藤爬满小屋的拐角，伫立在一处挂满漂亮草帽的巷道。我拿了一顶黄色的帽子，只因卖草帽的大姐告诉我，这是用马兰草编织的。那会儿，我不免心动，想起了宁夏沙湖的马兰花，想起了《马兰花》电影中花开的镜头……我兴致勃勃地戴上草帽，再看岛屿上每一户人家窗台上的草木，仿佛都有马兰花的英姿。我哼着《鼓浪屿之歌》，想要倾听音乐般的海涛声，隔峡望一望海那边的岛屿。那天我登上岛屿最高处，看大海中帆来帆去，沙滩上游人如织，眼睛竟然湿润。

回眸低首，炉内茶声响，像人低语，也像书的注解。原来，沙湖的马兰花和鼓浪屿的马兰草来自同一个地方，它们都耐寒、耐旱。我看的书是一本描述中华传承节令的书，书名是《春夏秋冬》。多么好的大雪天！

雪纷纷扬扬，有谁知道，此时的马兰花正吸取天地之阳气而努力挺出大地。犹如青松，"大雪压青松，青松挺且直"一个"挺"字，彰显了天地万物此时的风华，这是自然界具象的"挺"。长城内外，九州方圆，青藏铁路——天路直通雪域高原，这是中华大地的"挺"。宇宙茫茫，神舟飞船翱翔，这是中国向世界的"挺"……它们一如马兰花，挺住了天寒地冻，挺来了芳华岁月，挺出了灿烂星河。

春天就要来了，马兰花最先带来了讯息！

血染的书橱

卧室很暗。无窗。唯有房顶一片玻璃亮瓦透进阳光，映照尘埃的飞扬。

房里简陋无比。一床，一柜，一衣橱。衣橱厚重，黑油漆，雕龙画凤，本是母亲的嫁妆，却被哥哥当了书橱。

年幼的我单单钟情这书橱。趁哥哥不在，常常抽个小板凳，踮起脚尖，伸进小脑袋，黑暗中，怀着忐忑不安的心情，一本本胡乱翻阅那些"厚砖头"。因为很多字不认识，我就专拣那些有画的书，抽出来用铅笔描摹。有一次不小心踩翻了小板凳，嘴唇被磕出了血。哥哥看着乱七八糟的书橱训斥了我后，第二天买回一本《儿童文学》，怜爱地放进我手里。

哥哥文学天赋异禀，因了他的熏陶，我自幼便吟诗作画，乡村田野中的一片叶、一朵花……在别人眼里是那么平常，但在我眼里它们却能摇曳出一幅生动的风景画。

我痴迷于哥哥买回的《儿童文学》，还记得其中一文，讲述一个少年在山野采摘野草莓受伤，被一个大伯相救的故事。也许人性善良的光芒从那一刻起就在我心底闪烁，并促使我记录生活中的点滴美。小学三年级时，有篇作文要求续写一个西藏农奴妈妈牵着孩子在雪地饿昏后的故事。课堂上，我抛开一切杂念，仿佛置身于茫茫的雪域高原，任思维的马匹在疆场上驰骋。我听见了孩子的恸哭声，我看见了农奴妈妈苍白的脸，文学之火刹那间温暖了我，善良的光芒也炙热了高原上的人。一个牧羊人用仅有的食物救醒了昏迷的妈妈，又护送母子归家……几天后，当班主任邓定碧老师朗读这篇作文时，"她幼小的心灵播种了爱的种子，她写作的想象力实在太丰富了！"她动情地说道。

虽然贫穷的家庭始终不能让我穿上漂亮的节日盛装，但是家里的书橱却极大地丰富了我的心灵。哥哥把巴岳山下的长河煤矿当成心目中的天堂。虽然通往"天堂"的路很远、很苦、很累。他得在半夜出发，打着手电筒摸黑到煤矿，趁出矿工人倾倒煤渣在山脚的小河沟之前赶到目的地。淘煤渣的人实在太多了，运气不好的人会一无所获的。哥哥"丰收"后，将一部分煤渣挑回来留着家用，一部分就地卖掉，然后到矿上的图书馆买回自己喜欢的书籍阅读。

父亲是一名党的基层干部，风来雨去不幸染疾，他去世前留给我们几兄妹唯一的财富就是"好好读书，好好做人"的遗言。打我记事时，我们家和村里的其他人家就不一样：卧室里占据"半壁江山"的超大书橱。一家人最怕夏夜里的暴风雨，风翻进窗棂板着脸吹灭了我们看书的煤油灯，母亲和我们抱团坐在屋中干燥处，惊惧地看闪电一道道苍白的脸，躲在门缝里偷窥我们；如注的水流也会狡诈地袭过房顶瓦片的罅隙，倾洒到屋子里。床上、书橱上、丰收的麦堆上常常搁满了盆盆罐罐，即便这样，雨水还是会打湿被子、书籍和粮食。天晴后，母亲一边晾晒床上的家什和麦子，一边嘟哝着抱怨天气；而我们几兄妹则小心地翻晒着书页，满心欢喜地看着太阳认认真真舔读文章的样子，发出"嘶嘶"的惊叹声和烟气。那时候，阳光下的诗行开始播种在我的心原，一点点生根、发芽。

初中三年级时全校举行了一场声势浩大的作文比赛，题目是《一件难过的事》。仿佛心灵的牵引，九泉之下的父亲拉着我的手，一同漫步在山梁。蘸着点点血脉之情，在晶莹的泪光中，我在素洁的稿笺上仔细描画父亲的身影，抒写父亲的胸臆。当这篇作文获得一等奖时，我喜极而泣，它是怎样助推了我追梦文学的步伐啊！

1987年秋天，哥哥背着给我买的新被子，一手提着新买的水桶，一手牵着我走进了他的母校邮亭中学。那时哥哥的诗文频频亮相报刊，他也同时成了乡村致富带头人和大足县的劳动模范。他出众的才华和相貌，以及勤劳善良的品格，受到姑娘们的青睐。哥哥，就在青春的花蕊和爱情的蓓蕾尽情绽放时，你为什么却要像一颗流星，划开辽远的苍穹，以刺痛的雷响，在我们的视野里陨落？！那天黎明，在通往镇上的铁道岔路口，我不知道当呼啸的列车从你身边碾过的那一瞬，我的心是如何破碎的：怎么能归去？这里有你的亲人，有你的诗歌，有你的爱情和人生啊！

近在咫尺，我们却不能见面；我高声地呼喊，你却再也不能听见……我颤抖着手从哥哥身上搜出了一首还未完成的带血诗稿，尘封进家里那个沉甸甸的书橱。

我坚决不承认哥哥已经离开的事实。他的目光满含希望和忧悒地一直注视着我，鞭挞着我，直到我考上大学、参加工作、走过人生一程又一程驿站。

1999 年深秋，我抱着一大摞在各地报刊上发表的文学作品，走进了新华社重庆分社重庆青年报社的大门，也走进了用心血和梦想编织的神圣殿堂。我当了报社记者和主编，我酷爱的散文作品发表在更多的报刊上。当《海棠香国：难忘那山、那水、那情……》获得重庆市大足区全国征文一等奖，当我代表获奖者发表感言时，哥哥，你的身影又浮现在我的脑海。我无语哽咽：哥哥，不管年轮如何增加、时光如何变幻，你和你的文字，你和你的书橱，你和你的面容，你和你的品格，都像脊梁一样挺拔在我的心中！我该拿什么来祭奠你？就让我用一生的挚爱，继续你的文学梦吧！文学艺术的力量和精神，又何尝不是一个国家和民族的脊梁和魂魄，它永远如月华那样，无论走过怎样沧桑的岁月，都将在人们的心底熠熠生辉。

我的大学梦

　　我做梦都不会想到我会一直上到大学的！20世纪70年代初出生于重庆大足的我，上有哥姐，排行老小。因着天然优势，我横得气人。据说一口气能哭几个小时，地上能蹬个大坑。这阵仗，活该上小学时与哥姐分离，被独自"发配"到很偏远的村小学"改造"。

　　记忆中上小学的路很长很长，且要经过一段火车轰鸣的铁路。风里来雨里去的，我一直怀疑后来的大脚就是那时练出来的，胆子也是被火车的喘息声吓小的。反正懂事了，不哭不闹，当了"好好学习，天天向上"的好孩子。小学毕业时，全班三十几个人，我竟然成为考上乡初中的三个人之一。

　　我一直定义自己身体内部是被上帝安装了跷跷板的，这边语文好得出奇，学校的墙报上贴满了我写的范文；那边数学奇差无比，最让我崩溃的是初二时老师大声念我几何"7分"的场景！不用说，中考败走麦城。

　　复习再复习，好不容易上了乡镇的高中，开始也读得战战兢兢。嘿，命运的转机就在文理分科后的那一班上。数学依然不好，但是很快甩掉了"7分"的黑帽子。采取"舍车保帅"的战略战术，我把所有的精力都放在史地、外语、语文、政治等当时必考的科目上，每天早上，都能听见我那极不标准却激情四溢的普通话诵读音。

　　许是神奇的跷跷板原理，一道数学题都做不对的我，却把地理的经度纬度时区换算整得溜溜圆。脑壳里仿佛安装了地球仪，风从哪边吹的，雨从哪边下的，吹到哪个旮旯了，几乎从没含混过。

　　高分引来老师的怜爱，她经常摸着我的头喊我给学校争气——这个学校高中部已经几年没出过大学生了，有个考生甚至连续"抗战"了八年！其时高考中榜率应该是八比一，或者更难？高三最后一年我殊荣连连，获得重庆市"三好学生"、作文竞赛一等奖等光环，只待一名大学生的出炉！

　　高考在即。1992年7月6日，揣着妈妈煮的荷包蛋，校长和班主任亲率我们前往县城中学应战。翌日天气热得出奇，老师买来防暑药，连同希望一起交到我手心。我带着老师和亲人们的厚望，像勇士奔赴疆场，何其悲壮！至今还清晰记得当年的高考语文作文题目是：请以一个圆形器物发挥想象作文。当时脑海就浮现出了国徽的画面。洋洋洒洒一挥而就，交卷！

那个夏天，我接到了重庆教育学院中文系的录取通知书。

时光如白驹过隙。光阴荏苒，蹉跎岁月一去不返。订亲嫁人生孩子的我，眼瞅女儿小学读完升初中，初中毕业还有高中等着，读大学那更是指日可待的事情，与同时代的孩子一样顺风顺水，又怎么能体会那年那月老妈的心情和张皇？

写满名字的大学毕业照

这个周末，天气好得出奇。谁都不会想到，一个多月前同学们就积极策划的聚会日期，赶上了金秋最好的太阳。

那时大家都在"教院中文系91级"的微信群里，每个头像就像一颗鲜活的心，怦怦地不停跳动，虽然彼此之间看不见容颜，却明显地体味到相互之间的温度和情感。我初建群时只有几个人，班主任李万福老师很关心其他同学的现状，当警察的孙化刚便一个个找了回来，这让老师很欣慰。"不管生活过得好不好，大家都要在一起，都要开心和快乐。"他总是在恰当的时机说出温暖的话语，而我从他不多的言语和发出的图片中总是能感受到一个老师的心：有一种牵挂，有一点担心，有一份幸福，就像父亲对待自己众多的孩子。"地点就选在北碚缙云山吧，景区是5A级，养心又润肺，也方便停车呢。"在北碚工作的张光跃积极献策，大家一致赞同。印象中，他是一个很瘦弱的男生，不爱说话，不过大学毕业已经24年了，看微信头像显然发福，不知道现实生活中历练成什么样子了。

对呀，我们从青春走过，印象中都是清纯可爱的模样，生活何尝不是一部电影，把我们聚焦成今天的中年人生。再见面，是不是就能立体生动地找回心底那抹温馨的记忆，一份永恒的留存呢？张光跃同学的倡议得到大家的积极响应，一串长长的名单，就像一根丝线，串起了时空和念想。是啊，光阴荏苒，一晃二十四年过去了，我们从风华正茂的青年步入中年，各自忙于事业、忙于家庭，蓦然回首，南岸四千米仍然是我们生命中重要的驿站，重庆教育学院依然是铭刻心上的几个大字，中文系二班五十六个人依然是永远也忘不掉的群体，原来我们也从未走出过班主任李万福老师深情的目光……

犹记得，1991年秋天开学，在重庆教育学院一楼的教室里，大家自我介绍时腼腆的笑容和清新的话语，军训时响亮的口号和整齐的步伐，做广播体操时长长的队伍，新年舞会上绮丽的灯光和旋转的舞姿，考试时通宵达旦的背书声，就餐时飞奔的身影和急切的心情，图书馆安静的阅读场面，实习时摩拳擦掌雄心勃勃的模样，分离时泪雨纷飞惆怅无奈的眼神……

再见了南山，春天的杜鹃夏天的知鸟；再见了宿舍楼，早上的懒觉晚上的梦呓；再见了教学楼和图书馆，《诗经》中的雎鸠和梦中的《简·爱》；再见了体育场，练习太极的美好和反手羽毛球的优雅；再见了教育学院，高高的梯坎和弯弯的坡道……从此天涯各一方，山高水远。那个年代，没有动车，没有高速路，没有手机，没有微信和视频，这中间的好多年，像电影的画面被定格，被模糊和屏蔽。

直到今天，高速路像蛛网一样密布祖国大地，小轿车成了家用必需品，动车飞机快捷发达，手机微信一下就把同学们拉到了一个群。当大家终于走出手机，走进缙云山，在度假村阳台一隅，时隔二十四年后拥抱和再见时，曾经青春的面容不再，青丝夹杂些许白发，男同学多了一份稳重和成熟，女同学增添了一份内敛和含蓄。

唯有真情不老，像太阳每天都会升起。

人生的长河中，二十四该是怎样的一个数字？诉不尽的离别情，一切仿佛重现。319寝室全体女生到齐啦，她们总是在系里检查清洁的那一刻前搞突击，摆上竹叶小花等，总是夺得第一名；317寝室来了两个女生，谈起当年她们寝室那把吉他，几乎每个女生都去拨弄一下琴弦；男同学每个寝室都有一个对应的友好女生寝室，而他们当年的目的就是想吃掉女生吃不完的饭票……

突然间，众人欢呼，李万福老师来啦！"我把你们的毕业照打印出来了，把你们每个人的名字都写在了上面，大家看看对不对。"没想到老师落座后的第一件事便是认人。他迅速扫视了现场所有人："我感觉，同学们基本上都生活得很幸福。"他很开心地笑了。二十四年过去了，老师教了很多学生，他却把我们每个人的名字都写在了上面！

老师的笑容像金秋的阳光。阳光很好，穿过树叶的鳞隙，照在我们每个人的身上，也照进了心里。恰如同学诗言："逝水流年／二十四载明月照／笑见鬓微霜／同学壮志／当初清纯性未改／只是工作忙／恩师亲临／缙云山腰秋意浓／怀念未到同窗……"

我的文学路

也许从我有思想的那一天起，文学之梦就幻化着绮丽的色彩，在我幼小的心灵和稚嫩的身体中氤氲出一个朦胧的光圈，之后弥漫着温馨的芳香，陪我走过一个又一个人生驿站，丰富并装点着我每一程的生活，让我的生命始终充满激情和友善。

我生于重庆市大足县邮亭镇天堂村。上有两个哥哥一个姐姐，大哥年长我十岁，酷爱画画，我记事时起他就当了村里的赤脚医生。二哥比我大六岁，从小文学天赋异禀，初中时作文就名震一方。因了哥哥们的熏陶，我自幼便吟诗作画，乡村田野中的一片叶、一朵花……在别人眼里是那么平常和普通，但在我眼里心里它们却都能摇曳出一幅生动的风景画。据我的小学班主任邓老师多年后回忆，还在村小学读启蒙班时，我就流露出对文学的痴迷和热恋。我那时最喜欢看的书是《儿童文学》。记得还在读小学三年级时，其中一个记忆片段便是某篇作文要求续写一个西藏农奴妈妈牵着孩子在雪地饿昏过去后的场景。课堂上，我抛开一切杂念，文学之火温暖了我幼小的心灵，善良的光芒炙热了高原上的人们。一个牧羊人用仅有的食物救醒了昏迷的妈妈，又护送母子归家……几天后的作文课，当语文老师用颤抖的声音动情地朗读我这篇作文时，"她的想象力太丰富了！"她说道。

上初中后，对我最有吸引力的莫过于每周一次的作文课，因为每次作文课，我都会沉醉在彭泽均老师念我作文的喜悦和当作家的幻想中。那时最期盼的就是过六一儿童节，虽然贫穷的家庭始终不能让我穿上漂亮的节日盛装，但是学校墙报张贴的作文榜单上位于榜首的我的作文，常常能带给我巨大的幸福和成就感。读初中三年级时全校举行了一场声势浩大的作文比赛，初三的作文题目是《一件难过的事》。仿佛心灵的牵引，九泉之下的父亲拉着我的手，一同漫步在山梁上。父亲是党的一名普通基层干部，为给村民谋幸福，他抛家弃子风里来雨里去，不幸积劳成疾，很早就离开了我们。还记得，当舒校长把一等奖证书和一本作文书郑重地放到我的手心，叮嘱我好好读书时，全校师生数百人的目光是怎样灼热了我的心魂，助推了我文学追梦的脚步。

二哥利用课余时间编织竹锅盖、竹筛等竹制品，用换回的零钱从邮局订阅了《收获》《十月》《当代》《小说选刊》《大众电影》等杂志。我常常趁他不注意，从书架上偷出书刊，上课看，下课就写小说，所以除语文成绩出类拔萃以外，其他科目竟然一塌糊涂。这不禁让二哥捶胸顿足，大哥远走他乡后，高中毕业的二哥毅然放弃了读大学的机会，回家主动帮助母亲挑起了家庭的重担。

1987年秋天，二哥背着给我买的新被子，一手提着新买的水桶，一手牵着我走进了他的母校邮亭中学。那时，我已经从他忧郁的眼神中读懂了他对我的期盼和责备。我不再痴迷文学，开始认真读书，这是我走出乡村走向未来人生必须经受的磨砺和困苦。我不再偷他的书刊不分昼夜地看，同时把文学的梦想深深埋在心底，我在朝着理想的殿堂奔跑和冲击。那时候，姐姐已经考进了重庆的一所名牌大学，成了村里第一个走出去的大学生。

二哥的诗文频频亮相报刊，他也同时成了乡村致富带头人和大足县的劳动模范。他出众的才华和相貌，以及勤劳善良的品格，受到姑娘们的青睐，爱神之箭不断朝他射来。二哥，就在青春的花蕊和爱情的蓓蕾尽情绽放时，就在幸福的生活朝我们一家招手时，我记忆中一个让人断肠的生命黑洞无情地打开，二哥被一场突如其来的车祸夺走了年轻的生命，时年二十五岁。

近在咫尺，我们却不能见面；我高声地呼喊，你却再也不能听见……巨大的悲痛撼动着我的心魄，血泪中，我颤抖着手描摹二哥的身影和笑容，《春祭》成了我发表在报刊上的处女作。多年以后的2014年春季，当这篇文章被湖北省教育出版社收录到中小学生课外读物《心灵物语》丛书时，我还数次从梦魇中惊醒，哭喊着哥哥的名字，想要找回昔日的光阴，想他牵着我的手，一起歌唱。

我坚决不承认哥哥已经离开的事实。他的目光就那样满含希望和忧悒地一直注视着我，鞭挞着我，直到我考上大学、参加工作、走过人生一程又一程驿站。还记得，在重庆教育学院宁静的校园中，当情侣们在花丛间喃喃细语时，学院图书馆的书架后匍匐着我清瘦的身影；在重庆大足县弥陀中学简陋的寝室里，点点的烛光摇曳出我伏案笔耕的身姿；忍住寂寞和孤独，在文学之路上我踽踽独行，等待着花开的那一刻，以慰藉哥哥在天之灵。

机会总是为有准备的人而准备的！1999年的深秋，我抱着一大摞各地报刊发表的文学作品，走进了重庆青年报社的大门，从此，我走出了山村，走进了城市的高楼大厦，走进了我用心血和梦想编织的神圣殿堂。我当了报社记者和主编，我酷爱的散文作品发表在更多的报刊上。当《海棠香国：难忘那山、那水、那情……》获得重庆市大足区全国征文一等奖，当我和姐姐同时站上领奖台，当我代表获奖者发表感言时，哥哥，你的身影又浮现在我的脑海。我无语哽咽：哥哥，不管年轮如何增加，时光如何变幻，你和你的文字，你和你的面容，你和你的品格，永远如月华那样，在我的心底熠熠生辉。我该拿什么来祭奠你？就让我用一生的挚爱，继续你的文学梦吧！

我的记者梦

白驹过隙，太匆匆。

那一年我 23 岁。刚大学毕业，分配至重庆市大足县弥陀中学。

这是城郊的一所乡村中学，每天放学后，铃声便牵走了几乎所有的老师和学生，留下孤独的我，面对异乡的夕阳感伤。折回寝室后，蜷在寂静的小屋，铺开稿子，我开始与文字对话。中文系毕业的我，从小酷爱文学的我，好在还有梦想可以温暖现实。

大足有个龙水湖，傍依玉龙山，淌出的清泉汇成小河，流过我家老屋。我是喝着湖水长大的，心底时常镌刻着它的身影：白鹭在青松上翻飞，扁舟在绿波中荡漾，杨柳在小岛上垂绿，荷叶在湖岸边打卷，我们在坝堤下奔跑……

没想到参加工作后，"龙水湖"依然出现在我的视野，白鹭、绿波、柳枝……它是《大足报》副刊的图标，也是县内外众多文学爱好者心中的一道风景、一泓清泉，能滋养灵魂。闲暇时，我拼命地写，亲情、爱情、景致、物事……都化作汩汩奔涌的泉水，朝向"龙水湖"。仍记得一篇篇变成铅字的作品名字，都是散文：《深埋心底的梨核》，是去世的哥哥；《小街飞过鸿雁情》，是镇上的邮递员；《暮归》，是高龄的妈妈；《山魂》，是石刻之乡的宝顶……每篇作品后都有一个责任编辑的名字：龙良骅！虽不曾与之相识，但其每次简短的点评信件却亲切自然，仿佛邻家大哥。自此，这个名字就再也不曾跳出我的脑海。有了"龙水湖"的浇灌，我的作品开始出现在省内更高层次的报刊上。

翌年夏，《大足报》一则招聘记者的启事深深吸引了我，并极大地刺激了我的神经，我渴望走出这狭小的空间，希望在更广阔的天地飞翔，让文字和家乡的山水乡情融合。我兴致勃勃地翻出所有发表的作品，同时附上一封自荐信，寄给时任县委宣传部长黄铭，还记得其中两句：我是一个农民的女儿，有的是刻苦耐劳的精神；我不是千里马，依然想发出长长的嘶鸣！没想到就是这一封"非千里马"发出的信,让黄部长约见了我,他的第一句话便是:我也是一个农民的儿子,相信你!

我就这样走进了《大足报》。在编辑部,我第一次与龙良骋老师相见。他戴着眼镜,身材适中,面容敦厚,不苟言笑,这是他给我的第一印象。握手时,我发现他的手粗糙厚实,不禁纳闷:这就是名震一方的才子的手吗?不像是拿笔的,倒像是拿锄头的!

报社在北山脚下,两层楼,十几个员工。此次实习的记者共四名,两男两女,但只能从中选拔一男一女。我的希望是百分之五十。我的竞争对手是一名三十多岁的女教师,长得很美,背景不错,与人相处的艺术也周到细致,这是我不能比拟的。实习期是两个月,但不到一个月,我就知道我的结局了。

我很沮丧。或许我的心态引起了龙老师的关注。平时他是不爱说话的,总是慢慢地走路,慢慢地做事。他的办公桌上堆着一大摞从各地寄来的文学作品,时常看他挥舞着一把大剪刀,咔嚓咔嚓。一张县级的报纸,他却把一个"龙水湖"副刊办得风生水起。总是有文学爱好者来拜访他。那天又有一个山区的女作者专程前来,龙老师叫我晚上一起吃饭,陪陪这位女作者。

原来女作者居住在山区,初中文化,身有残疾,但其文学天赋较高,且笔耕不辍。她告诉我:龙老师不会放过每一个向文学靠拢的人。我知悉情况后颇受震撼。那天晚上吃的火锅,席间还有何亚、赵立华等几个文友。因为志趣相投,一向沉默不语的龙老师显得格外活跃,笑得很爽朗,大口喝酒,我发现他的酒量很好。此时我才得知他的身世:高中毕业后回乡政府务事,后因超生被开除工作,因突出的文学才华被选聘到报社当编辑,妻子在乡下务农,一人挣钱养家糊口。我终于懂了他忧郁的表情,以及他那一双拿笔的粗糙双手。

实习结束,我黯然回到弥陀中学,继续执鞭任教。初始受挫,心绪难平,不再看书、不再写作,长达两年。我不知道背后有双忧郁的眼睛其实一直在注视着我、鞭策着我。那正是秋天开学季,一封来自大足报社的信落在我的手心,只有短短几个字:安音,其心也安,其音也喑?信没有落款,却犹如一把铁锤,重重地敲在我心上,让我疼痛不已。

我竟然迷失了自己。我不能让自己迷失!

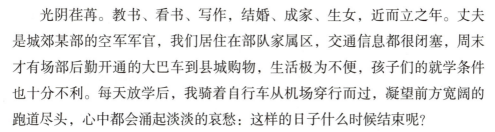

光阴荏苒。教书、看书、写作，结婚、成家、生女，近而立之年。丈夫是城郊某部的空军军官，我们居住在部队家属区，交通信息都很闭塞，周末才有场部后勤开通的大巴车到县城购物，生活极为不便，孩子们的就学条件也十分不利。每天放学后，我骑着自行车从机场穿行而过，凝望前方宽阔的跑道尽头，心中都会涌起淡淡的哀愁：这样的日子什么时候结束呢？

孩子九个月了，已经结束母乳喂养，需要每周末坐部队大巴车到县城买营养粉和奶粉。没想到我的人生分水岭，也从一次购买奶粉开始，就像孩子的断乳，离开居住多年的部队，再也未回去。

那是八月很热的一天，我在买奶粉时，偶然瞥见店里摆着的《重庆晚报》上面登着一则招聘启事：《重庆青年报》招聘记者。我抑制不住内心的喜悦，要了这份报纸，急急赶回部队，收拾好衣物，抱着孩子回了娘家。母亲正在田间收割稻禾，我把熟睡的孩子放在床上，转身火速坐车赶到了重庆。

抱着发表于各地的厚厚一大堆作品，我在渝北新华社重庆分社高高的台阶上徘徊了一会儿，盯着蓝色的玻璃门看了很久，然后镇定自若地推开了它，自此我人生也打开了另一扇门：当天进行了严格的笔试面试，回家一个月后，我接到了报社的录用通知，成了3000多名应聘者中的幸运儿。

从乡村到城市，从教师到记者，突然间转换角色，我有点儿手足无措。每天奔波在报社大楼和城市的水泥路上，寻求素材，搜索突发事件，在另一种生活方式里重新学会文字表达，我才发现自己还没有完全准备好，毕竟，文学和新闻是两回事。晚上，孤零零地站在电话亭里往家里打电话，听着孩子咿呀的话语声，我更是揪心。

秋天到了，天气凉了。那天我没有出去采访，坐在办公室很无聊，随手拿起电话本翻阅，眼睛一下就瞟到了熟悉的几个字眼：大足报社。此时我自然而然想到一个人：龙良骅。然后我迅疾拨通了编辑部的电话，只想对他送去深秋的一个问候和祝福。

"安音吗？你早一分钟打电话我不在办公室，晚一分钟我也不在办公室了。"那边传来爽朗的笑声，很少见他这样开心过。"报社改版了，需要增加四名记者，我一会去看考场，他们明天要来参加考试。"他急急地说。"我要回来参加考试。"孩子那时仿佛正呼唤着我，我也渴望回到母亲的怀抱，没来得及思考半秒，我冲口而出这句话。有些事情，是不是冥冥之中注定了的呢？我一直这样想。

翌日，坐在考场里，我边写文字边想这个问题。得知这几年龙良骅为了两个孩子上学，一直在北京打工，脱离自己喜爱的文字编辑生涯，生活得也非常不易和痛苦。此次报社领导调换，重新把他找了回来，并给予厚望和重任。

2000年元旦，再回大足报社，我以正式录用的记者的身份重新坐在专属于自己的办公桌前时，心很平静，并感受到从未有过的踏实和厚重。